桃花劫

笒菁——著

本書人物、場景、事件全屬虛構，如有雷同，純屬巧合

CONTENTS

桃花劫

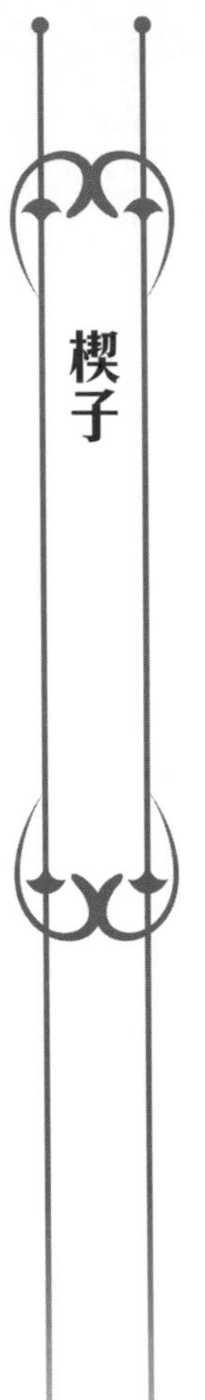

楔子

噹噹——噹噹噹——

牆上的掛鐘，沉穩的響了十二聲，在寂靜的黑夜裡聽來有些凝重，男人抬首望鐘，確定已經過了午夜，才拿著一根蠟燭，緩緩走向書桌。

房間內沒有燈光，只有用夜光筆在桌上畫出的圖案，那像是一個魔法陣，跟電影或漫畫裡相同的圓形陣法；男人在魔法陣中央點上一根蠟燭，然後從桌邊的袋子裡抓出一些似骨頭的東西扔在魔法陣裡。

最後他小心翼翼的從口袋中拿出一只信封袋，裡頭是幾絲細髮，栗子色的長髮，尾端帶了點捲度。

頭髮散落在陣法內，男子的眼神透露出強烈的渴望。

「呢彌棒俺罄……」男子開始喃喃唸起如咒般的話語，全心全意的祈禱、唸咒。

他好喜歡那個女孩！從第一次見面就好喜歡好喜歡她！她短髮時可愛、及肩時清秀，現在染了頭髮，燙捲了就變得甜美迷人了！

他覺得她說話時眉飛色舞，笑起來活力四射，不管何時何地看見她，她都洋溢著光彩，讓他目不轉睛！

所以，他想永遠跟她在一起。

他忘不了她對他綻開的笑顏、對他的親切、對他的體貼，他知道那個女孩對他也有好感，這是世界上最美好的事——遇見生命中的公主，兩情相悅，然後過著幸福快樂的生活。

「讓我們永遠在一起吧！」他笑著，在兩張紅紙上寫下他與女孩的名字。

兩張紙並排在一起，男子先將其擱在一邊，然後起身走到床邊，從地上拎起一個物品，重新回到桌前。

那是個籠子，裡頭有隻純白的兔子，一雙紅色眼睛反射著燭火，兔子往角落蜷縮，帶著恐懼看著一切！男子開始輕柔的哼起歌來，他伸手入籠，撫摸著兔子，鬆懈牠的戒心。

然後兔子被抱了出來，他依舊溫柔的撫摸牠，而右手抽空往桌邊探，抓過一把利刃，在歌聲與撫觸之下，冷不防的一刀劃開白兔的咽喉。

血噴濺出來，恣意的灑在桌上、燭火裡與魔法陣中，還有那兩張寫著人名的紙條上頭。

男子拿起紙條往兔子喉間抹去，紅紙被鮮血濕潤大半，再送到燭火上頭焚燒。

「讓我們永遠在一起吧！」男子瞇起眼，眼裡充滿無上的滿足，「生生世世，至死不渝。」

紙條被火緩慢吞噬，最後化為一縷輕煙，消散在血之祭壇上。

男孩穿著T恤、牛仔褲，手中拿著杯50嵐的愛玉冰茶，倚著自己的腳踏車，在大樹蔭下乘涼。

南部實在有夠熱，沒到中午就烈日當空，他怕再騎下去會脫水而亡。

他經由幾個朋友輾轉聯絡，準備到這個城市跟某位陌生人見面，特地提早下來幾天就是為了先觀光觀光，不然不就白請這幾天假了。

「哎、哎喲！」有個女生在附近哀哀叫，顯然拐到腳了。「討厭，有跟的鞋子真難走！」

男孩瞧女生扭了扭腳，罵自己的鞋子一會兒後，還是穿回高跟鞋小跑步往前。

「小姐。」他難得出聲叫人。

女孩根本沒聽到他的叫喚，直直向前走。

「扭到腳的呆頭！」換個方式再叫一次。

「什麼？誰那麼沒禮貌？」真好用，女孩登時停下腳步，回頭瞪人。

「嗨！這裡！」男孩笑著，依然悠哉悠哉的靠著腳踏車，在樹下對她招著手。

女孩見到算是白淨的男孩嚇了一跳，腦子裡閃過的是「搭訕」兩個字，但她心底有點失望，這男孩未來鐵定是個帥哥，可惜一看就知道年紀太、小、了！

「唉，小帥哥，等你長大一點再來搭訕好了！」女孩搖了搖頭。

「誰跟妳搭訕啊？」男孩失笑出聲，「少往臉上貼金了！我叫妳是今天心情好，提醒妳小心點！」

「小心？小心啥？」莫名其妙，女孩嘟起嘴。

「妳已經被詛咒了！」男孩說話時還若無其事的喝了一口飲料。

女孩瞪大雙眼，看男孩那斬釘截鐵卻又吊兒郎當的模樣，直覺揪緊包包，掉頭就走。

一大早就遇到神經病！怎麼那麼倒楣啊！

「別亂收人家送的東西啊！」男孩朗聲笑著，在後頭補充道。

什麼跟什麼啊？

女孩懶得理神經病，加快腳步，同時把男孩的話拋得一乾二淨。

第一章・永世娃娃

站在穿衣鏡前，穿著新買的吊帶牛仔褲，新買的高跟鞋，再搭上我剛燙的捲髮，淡淡的栗子色，噯呀，真是怎麼看怎麼可愛！

對著鏡子練習了好幾個笑容，從來沒想過我這麼適合捲髮，也沒想到只是改變髮色，整個人直接甜美加分！嘻嘻，活了這麼久，果然有像女孩子的時候了！

喔喔，十點了！我戴好錶，拎起包包，踩著輕快又不失婀娜的步伐，趕緊往樓下衝，再不快點，又要被一堆學長姊唸了！下樓牽出我的愛車，火速前往水深火熱的研究室！

我在外租的宿舍離學校不遠，騎車只要五分鐘，校外停車位多，愛車隨騎隨停！一蹦一跳的奔上階梯，拐了個小彎，進入偌大的研究室裡。

「哈囉！大家早安！」我揚聲跟大家打招呼。

長桌邊站著一個既憔悴又瘦長的男生，完全不辱瘦皮猴的封號；他微皺了眉，完全沒有朝氣，黑眼圈又黑又重，一看就知道這傢伙徹夜未眠！

「學姊啊，妳怎麼每天心情都能這麼好？」他一臉無奈的看向我。

「為什麼心情要不好？」莫名其妙，「今天我能醒來看著這個世界，就是很完美的事了……當然，如果我能整理我這一頭可愛的捲髮、再換上新買的衣服，就更幸福了！」

「夠了，妳顧那頭頭髮已經夠久了！」我身後走來一個綁著馬尾的女生，戴了副紅膠框眼鏡，是超愛吐我槽的于馨。「我聽了都快兩個月了，耳朵要長繭了！」

我跟于馨同屆，本來就聊得來，瘦皮猴是學弟，可是臭味相投，大家都挺愛哈啦的！

「哎喲，妳不覺得我燙捲髮真的超級好看嗎？」說到頭髮，我就超開心，不由得轉起圈圈來，「而且想不到我染栗子色也那麼可人，嘿嘿嘿……」

「是是是！很可愛！」于馨立刻勾起不懷好意的笑容，「請問這麼可愛，妳男朋友有說什麼嗎？」

嗚嗚，我承認我被打擊到了！于馨這句話化為利刃，直接刺穿我的心！「他說我——浪、費、錢！」

一提起男友，我就超級不爽！

全世界都知道我以前留那頭長髮八百年了，不但了無新意還毫無變化，好不容易想改變一下造型，燙個大捲加染髮，怎麼看都正點、甜美加分啊，所有人都說好看，就只有他、他、他這個討厭鬼冷冷地說了一句：「浪費錢！」

浪費錢？我打扮得美美的還不是為了給他看？我難得有點女孩子樣，那傢伙竟然一點都不懂得珍惜！

「唉呀，妳不是跟妳男友分隔兩地嗎？」于馨故意火上加油，「真是可惜，這麼可愛卻沒人疼愛，可憐喔！」

「死于馨！妳好樣的！」顧不得淑女形象，我就要挽起袖子！

「我說學姊啊，妳又在幹嘛？」最裡頭走出個聲音尖銳的女孩子，「妳論文是寫完了沒？實驗做完了沒？民國幾年要畢業啊？」

唔……我中箭落馬，毫無招架之力！聲音超尖的女孩叫小海，她是這一期進來最最最用功的學妹！個性有點嚴謹，雖不至於不好相處，但還挺無趣的。

「妳這個碩一生，先把自己搞定再說！」我吐了吐舌，搬出學姊的架勢。

「博一生學姊，聽說妳論文後續都還沒開始研究，而我這碩一生已經決定論文題目，而且同時修碩二科目了！」小海哼了一聲，「學姊要小心別被我趕過喔！」

唔唔……這囂張的學妹，看了就討厭！誰教她要跟我做一樣的題目啊，害得大家都在比較，怎麼我這個學姊的研究範圍比這位學妹還少了些……好啦，其實是很多。

「小海還滿瞧不起妳的！」于馨沒忘補充說明，「但是再怎樣還是學妹，態度真差！」

「就是！」這時候，同屆情誼就出現了！「瘦皮猴也沒那樣，好歹還尊敬我這個學姊。」

瘦皮猴抬首一怔，看了看我，最後竟給我搖頭加長嘆！

「與其說尊敬，倒不如說我很佩服！學姊的進度超少，每天卻都可以快樂得跟小鳥似的！」

呃，真討厭，為什麼我認識的人都一個樣？嘴一張比一張利，每次都用言語刀刃捅得我遍體鱗傷？

我不是不急，而是急不得啊！雖然好不容易考上了知名公立大學的博士班，可是想到還要再研究、再寫論文，我就一個頭兩個大！因為我跟「研究」、「實驗」

很不合，彼此不喜歡，一點都合不來。

不過全系的人都差不多，但大家還是會為了畢業拚命，一天到晚都有人爆肝進行研究，而且要做的瑣事也不少！嘿，所幸我現在是博士生，已經升格，再也不是苦命研究生了！

所以現在是剛考上的蜜月期，蜜月期嘛，雖然這蜜月期轉眼就一年了。大家再閒聊幾句，就各自去做各自的事。我坐回我的位子，開啟電腦。其實我也想快把論文搞定，飆回台北去！

正如于馨剛剛說的，我考上了南部的學校，男友卻在北部工作，我們好像都碰不著似的，總是一南一北交錯。幸好小別勝新婚正適合用在我們身上，雖然無法天天膩在一起，我們卻很珍惜每次見面的時光。

今天是灰色星期一，他才剛回台北，要再見面似乎要等兩個星期，唉……我托著腮先收信，根本無心念書。

突然間，我發現液晶螢幕邊多了個奇怪的小東西。

那兒立了一個小小的人偶，一尊很精緻、很迷你的小人偶，原木色澤，上面彩繪了如原住民衣裳的鮮豔圖案。這並不是我的東西，我狐疑的拿起來細看，發現娃娃彩繪的衣著華麗，笑得甜美。

這是什麼東西啊？為什麼會擺在我桌上？我正好奇的把娃娃顛倒過來想看個仔細，身旁突然逼近一個人影！

「同、同學……」我才抬首，高高人影就把筆記本塞過來，開口道：「這、這個還妳……」

我差點沒被嚇死，眨了眨眼，看著身邊的同學，「先生，你走路好歹出點聲吧？我會嚇死耶！」

「對、對、對不起……」他頭低低，聲音幾乎聽不到。

程傑是研究室裡的菁英份子，智商超高也非常聰明，長得不算太差，但就是給人一種陰森的感覺，非常不易親近！在研究室裡，幾乎不跟人家打交道，宛如陌路人，是個獨行俠。

但是他的學識實在沒話說，才碩士就已經在做博士後進修的東西了……所以咧，他就是我最常求救的對象，我偉大的救星！

我趕緊翻開筆記本，發現裡面整理得有條不紊！

「哇！好強喔！你怎麼知道這時要帶入這個公式？而且為什麼要把這個雜訊過

濾掉？」

程傑有些尷尬，回答我時都小小聲的，其實我只聽懂一半，但是衝著他那超強的學識，我死都要聽完！

然後他又縮著頸子，跟自閉兒一樣回到角落的位子去，繼續埋頭念書，而瘦皮猴緩步走了過來，悄悄的用手肘撞了我一下。

「學姊，妳怎麼老是找自閉男啊？」

「說那什麼話！」我白了瘦皮猴一眼，「他這學期第一名，而且又當過交換學生，這麼強的人，我當然請他幫忙啊！」

「齁，學姊，妳是真呆還是假呆啊？妳以為哪個男人會這麼幫女生忙啊？更不要說妳是大事小事全叫他幫妳耶！」瘦皮猴索性拉開椅子坐到我身邊。

「我哪有大事小事全叫啊？少在那邊給我亂講話！我只問他功課好不好！」我歪嘴斜眼瞪他。

「還有請他幫妳買飲料、買點心……」瘦皮猴還給我算起來了，「上次妳說想養魚，他也幫妳買了全套的養魚設備！」

「同學愛嘛！」我滿不在乎的說著。

「最好是，那是因為他喜歡妳！」瘦皮猴壓低了聲音，這句話惹得我瞠大雙眼。

程傑喜歡我？我愕然的往右前方角落的書桌看去，在我抬首的那一瞬間，程傑竟倉皇失措的低下頭，用笨拙的動作遮掩他適才的舉動！

什麼？那是什麼反應？他該不會一直在偷看我吧？

「你在胡說八道什麼？」連我都降低音量，不可思議的看著瘦皮猴。

「全世界都感覺得出來，就只有妳不知道！不然像他這麼自閉的傢伙，怎麼會幫妳買飲料咧！」

「順便！順便！他是下午出去時，我託他回來時幫我買的！」我再三強調，提出反證。

「哼，最好是每天都那麼剛好那時候出去啦！學姊，百分之百保證他喜歡妳！」瘦皮猴自信滿滿的昂起頭。

我真的很錯愕，抿了抿唇，雖然這是生平第一次有其他男生喜歡，心底有一點點得意，但是我已經有阿娜答了，程傑也絕對不是我喜歡的型。

沒有人可以比得上我的男朋友，也無法超越我跟他之間的感情。

唉，真困擾！這說不定是變可愛所帶來的好處……但是該怎麼拒絕人家呢？這

對我來說才是天字第一號大難題啦！

「聽說後山那個階梯可以實現願望耶！」中午吃飯時，幾個女生吱吱喳喳的，「只要半夜十二點去許願，誠心的話願望就會成真。」

「怎麼許？不必帶什麼東西嗎？」還有人真的問了。

「不必！但不是每個人都能許願！」小海竟認真的說著，「在午夜十二點零秒時，閉著眼睛走階梯，那個階梯總共有六十五階，但如果妳能踩到第六十六階，許的願就會成真！」

「可是只有六十五階，哪來的六十六階？」我舉手發問了，「這豈不是永遠都不會成功了嗎？」

「學姊，我說妳可不可以多一點想像力？我剛剛才說過要誠心嘛！」小海不悅的叨唸著，「妳夠誠心，那邊的守護靈就會感動，然後自動多一階階梯出來，聽妳許願，助妳願望成真。」

「還是很奇怪啊，莫名其妙哪會多一階？」我腦子轉不過來，覺得不可能的事就是不可能！

「妳沒聽說過土木系那個噸位超重的肥豬嗎？他就是去校園傳說許願，才會在一個月內瘦了三十五公斤！他現在可是一個高瘦的帥哥，多少女生在他身邊轉！」于馨補充說明，「而且他信誓旦旦的說，就是去許願圓柱許願的！」

是嗎？我還是沒法相信，動不動就可以生一個階梯出來？而且柱子還可以幫忙許願？凡事還是腳踏實地的好，總覺得利用這種未知的力量不大好。

尤其……搞不好在那邊實現願望的是一堆路過的甲乙丙丁鬼！

「就是機械館的圓柱嗎？聽說午夜十二點時，順時針繞十圈，再逆時針繞十圈，就會看到柱子上有奇異的圖案，看到的人就可以許願！」

「那是因為頭太暈了，所以眼睛產生幻覺！」我立刻好心的解釋給大家聽。

「吼！」大家發出受不了的聲音。

接著就沒人管我要說什麼了，從文學館到商學館，每個館院都有特別傳說，除了鬼故事之外，就是這種能幫助人實現願望的東西！以前的我或許會信，可是在經歷過一些事情後，我就不覺得奇怪的力量有哪裡好！

例如呢，抽到學校宿舍卻被厲鬼記恨，再來好不容易到外面租房子被一大群怨鬼當作背叛者要生吞活剝……我這輩子就算福大命大死不了，也快被這些好兄弟折騰到抓狂了！

「學姊，妳之前不是念台北的學校嗎？有沒有什麼許願成功的傳說？」小海好奇的問。

「啥？沒有！我沒空管那個！」我擺了擺手，「我在學校都忙社團啦、忙出去玩，其他時間則忙著跟厲鬼周旋！」

「嗄！」全體一陣肅靜，目光炯炯盯著我。

「欸……意思是跟課業、課業，課業麻煩到像一種厲鬼嘛！」我笑嘻嘻的帶過，我可不想解釋那些光想起都教人心煩的歷史。

我大三時好不容易抽中學校宿舍，誰知一抽中就撞鬼，莫名其妙惹到一位為愛自殘的學姊，弄到開學三天死了兩位室友，嚇得我立刻搬離宿舍，再也不認為住宿是件「很美好」的事情。

而那位厲鬼學姊必須嚐盡永生永世的苦刑，偏偏她正在「服刑」期間——當我的守護靈。

這點我到現在還不能接受，我已經有多達九位愛我的親人當守護靈，再怎麼窮凶惡極的鬼都近不了我的身，有必要把那位學姊也拉來當我的守護靈嗎？而且還是以「服刑」的名義！當我的守護靈有那麼慘嗎？

「喂，陳小美！」吃完解散的路上，于馨由後頭追了上來，「妳剛說的，是真的還假的？」

「什麼東西真的假的？」

「跟厲鬼周旋的事啊！」于馨雙眼亮晶晶的看著我。

「妳眼睛那麼閃亮幹嘛？」我都快睜不開眼了，「我剛剛說了，是隨口講講的嘛！」

「可是我聽玉亭說，有位小美學姊所向無敵，之前在外面租套房，遇上了一群厲鬼，雖然差點送了命，但還是萬夫莫敵的狀態！」于馨劈哩啪啦的說出一堆我熟到不能再熟的人名和事件。

「玉亭？王玉亭！」我瞪大了眼睛，揪住她的衣領，「妳是玉亭的誰？」

「我是她堂姊啊！前兩天我們聊了通宵，我提到研究室有個白目同學，她就提到她之前一起合租房子的白目學姊……」

「王于馨！幹嘛動不動說我白目啦！」我用力的往她身上打！「妳們不要給我亂宣傳！」

在大學宿舍慘案後，我搬離宿舍。考上研究所時租了一間十坪的套房，包水包電，一學期才一萬！很棒對不對？對個鬼！搞了半天是個老鬼把傳單吹到我腳邊，再化成人形騙我簽約租屋，然後那邊有超大群被另一位也叫「陳小美」的靈媒所棄養的鬼，對那個「陳小美」懷抱恨意，結果就改成找我麻煩。

中間的歷程我不想多提，反正最後我頭撞到了，縫了幾針，不過還是繼續住在那邊到畢業為止。

王玉亭是原本跟我合租的學妹，不過體質敏感，早在一開始就被一堆魍魎鬼魅嚇得要死，逃之夭夭；後來換了另一個室友，叫做慧文，擁有二兩一的超輕八字，一天到晚被跟。

所幸我陳小美八字重，守護靈又多，啥都看不見，落得一身輕鬆。

我們買了飲料後就回到研究室，南部實在太熱了，一天不喝個兩杯以上我受不了！

研究室的冷氣超強，所以我還滿愛窩在裡頭的，我們回去時大家幾乎都在埋頭苦幹，研究生去上課，實驗室裡也有人在努力做實驗；程傑抬首偷看我一眼，又低下頭，我假裝沒看到。

都是瘦皮猴亂講話，害得我也怪怪的。

「咦？這什麼？」于馨見著放在我桌上的小木娃。

「我也不知道是誰的，無緣無故就放在我桌上。」我聳了聳肩，失主還沒來認領啊？

「好可愛呢，這娃娃的圖案是永世新娘呢！」于馨把玩著娃娃，也跟我一樣上下顛倒地看著。

「永世新娘？」不知道為什麼，我不喜歡這四個字。

「是啊，這種新人娃娃都是一對的！一個新郎，一個新娘，不應該會分離。」于馨指著娃娃手臂處的半透明突出物，「瞧！這裡有黏膠的痕跡，表示它們是硬被拆開的！」

我凝視著殘膠痕跡，這個娃娃開始給我不好的感覺。「為什麼要拆開它們呢？」

「嗯？我也不清楚！不過這種娃娃是祝福娃娃，表示一對相愛的情侶無論如何被拆散，他們都一定會在一起！」于馨搖了搖娃娃，再擱在手心上滾了滾，「瞧，重量不一！這娃娃手臂邊除了黏膠，還有磁鐵還是什麼的，可以讓娃娃黏在一起。」

我趕忙搶過來，發現娃娃的底座是可以拆開的，得左右搖一下才會鬆開；娃娃的身體是空心的，我拆下底座時有個東西掉了出來，我沒有注意，只顧著將手指伸進去，探查磁鐵的所在。

果然，在娃娃的左側身體，有鐵製的磁條。

「這什麼？」于馨彎身撿起從裡頭掉出的東西，是張長條型的紙條！「齁，情書！是情書！」

「什麼啦！」于馨在研究室裡嚷了起來，害我紅了臉，拚命的搶著她手上的東西，「別鬧了，拿來給我看！」

于馨開玩笑歸開玩笑，不可能隨便拆我的紙條，她笑吟吟的把紙條塞進我手中，還一臉期待。

「好浪漫喔，送一尊新娘娃娃，裡面放張情書，代表無論時空如何轉移，我都愛妳至死不渝！」于馨順口來篇壓韻情書！

她在那邊樂不可支，我卻全身上下毛起來，因為這絕不是我男友做的，他才不可能大費周章做這種事情！更別說他壓根兒沒來過我學校！

我打開紙條，頓時天旋地轉，一陣強烈的無力感襲來，害得我雙腳登時一軟，直接往于馨身上倒去！

「小美！」她尖叫著，一時間無法反應，攙著我一起倒下！

一種噁心的感覺湧上，我感覺四肢的熱度迅速退去，冰冷順著血液流竄，身體突然變得好重好重，而且整個人沉悶起來。

過去那種輕鬆明快的感覺，頓時消散無蹤。

「小美，妳還好吧！別嚇我！」聲音悠悠傳來，于馨在我耳邊喚著。

我吃力的撐起身子，抬首看了她一眼，然後坐在地板上；待在研究室裡的人都過來關心，吱吱喳喳，灌進我腦子嗡嗡叫。

于馨向大家說我沒事，所有人才漸漸散去。我看著落進桌下的紙條，發現我陳小美竟然也有如此害怕的一天，我根本不敢去拿那張紙！

「小美，怎麼了？」于馨狐疑的看著我，然後順著我的視線往桌下看，「那張紙！」她撿了起來、攤平，在我面前看個仔細，但在兩秒後，她凝重的皺起眉頭，然後用很不安的眼神看向我。

「這是……什麼東西？」她揚了揚紙，「上面寫的是妳嗎？」

我點了點頭，從出生到現在，我從來沒有如此虛弱過。

一尊新娘娃娃、一尊與新郎永不分離的娃娃，裡面塞了一張摺得精美的紙條，而紙條上面，以鮮紅的毛筆字寫著：

辛酉年九月二十九日巳時　　陳小美

那是我的名字，以及我的生辰八字。

第二章・執著

從中午發現那張紙條之後，我就開始全身發冷！一種自心底、從骨子裡竄出來的冷！我完全沒有辦法靜下心，腦子一片慌亂與空白。

我在第一時間就把那個讓我毛骨悚然的娃娃丟了。我不知道那是誰給的，但無論是誰，對方絕對沒安好心眼！因為那裡頭竟藏著我的生辰八字！為什麼會有我的生辰八字？

「學姊！」門外傳來重重的腳步聲，我焦急的回首，是後來合租的學妹，慧文！她跟我一同考上這所大學，不一樣的是，她念的是碩士，而我念的是博士！我急著叫慧文來是有用意的，一來是因為她八字只有二兩一，二來是她多少看得見一些有的沒的！

「慧文！妳快幫我看，我身上有沒有什麼東西？」我一見到她就快哭了，「有幾隻鬼？還是惡靈什麼的？」

一旁的于馨愕然抬首，連瘦皮猴都停下手邊的動作。

「學姊，妳不要那麼緊張好不好！」慧文趕緊安撫我，「妳身上什麼都沒有啊，妳身上怎麼可能會有什麼，又不是有人不要命？」

可是我很不舒服！不但一直在打寒顫，雙手也凍得跟冰一樣！于馨倒是直接把我往外拖，離開研究室，免得怪力亂神！

「小美學姊，妳六兩八耶！有什麼東西能靠近妳啊？更別說妳還有成山的守護……」慧文突然卡住，轉了轉眼珠子，很狐疑地在我後方掃視著。

沒有人喜歡對方在妳身邊看一些有的沒的，尤其視線沒對焦，就是在看一些路過的鬼魅！

「妳看到什麼了？」我緊扣她的手腕。

「沒……我本來就不是容易看到的體質啊！可是有件事很奇怪！」慧文眨了眨眼，攤開手掌，在我皮膚上方五公分的地方來回游移著，「學姊，妳的靈光變弱了！」

赫！這句話的確讓我大受打擊，我就知道有事情不對勁！

「她的什麼靈光？」于馨有樣學樣，可是好像感覺不出來。

「小美學姊有近十個守護靈，全是她最親愛的家人化身的，另外八字有六兩八，靈氣很重！每次跟她在一起時，都會覺得被一股溫暖擁抱，可是今天……我覺得沒那麼強！」

「該不會跟剛剛那個娃娃有關係吧？」我惶惶不安的問。

「有可能有可能！」于馨搶話，把剛剛的情況簡單說給慧文聽，「裡面的紙條連我看了都不舒服，寫著小美的生辰八字跟名字呢！」

「什麼？」慧文突然驚呼出聲，「那是詛咒吧！」

詛咒！這兩個字在我腦海裡起了反應，有人對我下詛咒？我怎麼記得最近有人跟我提過這兩個字……啊！一個多月前，有天上學時被一個小帥哥叫住，那時他說我已經被詛咒了！

難道那個小帥哥也是高人一枚嗎？等等……他還說什麼來著……

「別亂收別人送的東西……」我喃喃自語著，我拿了那個娃娃，不等於我有接受吧？

「這句話學長最近不是常跟妳提？阿蓮師父不是交代妳最近收受東西要小心！」連慧文都蹙起眉頭，一臉訓話的模樣，「妳每次都沒在聽，又亂收東西了喔！」

「我哪有！那東西只是擺在桌上而已，我沒收啊！」我慌了，我現在才把最近的事情連起來！

我男友是我大學時的學長，所以一直改不了口，全世界也都跟著我叫，而男友家是開廟設壇的，家族都是箇中好手，幾乎都有一定的靈力，可以安靈鎮宅、驅邪避凶……等等。

而這個家族最厲害、也是一百五十年來靈力最強、道行最高的大師，就是慧文最崇拜的阿蓮師父！阿蓮她最近老說我有劫，要我不要亂撿東西，也不要亂收人家的東西！

我從來就不會那麼做，也就沒把這件事擺在心上，加上我從以前到現在遇上任何怪事，都靠超重八字跟守護靈過關斬將，我是不是太理所當然了？

「妳拿起來可能就算收了，因為妳沒有立刻丟掉或是交給別人，更別說妳還打開來看。」慧文輕嘆了口氣，陳小美要是能細心一點，就不叫陳小美了。

「我不想收！我從來就不想收，那個娃娃很噁心，叫什麼永世娃娃！還有另一半新郎……」我全身都起了雞皮疙瘩，「到底是誰在惡作劇？我從來沒有惹過任何人啊！」

傳來足音，于馨回首，有人走出研究室，站在門口看著我們。

「對不起，太大聲了嗎？」于馨趕緊先賠不是。

那個人一如往常的沒吭聲，悄悄的走了過來，我抬首一瞧，而他直接走到我的面前，將握拳的右手擱在我面前。

「程傑？有、有事嗎？」他戴著金邊眼鏡的眼睛我瞧不清楚，誰教他一天到晚都低著頭。

只見程傑緊抿著唇，倏地打開他的右拳——被我丟掉的娃娃，此時正擱在他手上！

「哇呀——」我嚇得尖叫，連忙向後退了幾步，「你、你幹嘛撿起來啊！存心嚇死我啊！」

「……」程傑終於幽幽抬頭，「妳為什麼把它丟掉？」

嗄？我怔怔的看著他，突然想起瘦皮猴早上跟我說的話，他似乎可能好像搞不好暗戀我！

「這是我精挑細選的耶，它笑起來跟妳很像，我覺得當我們的定情物是最好的！」程傑瞇起眼笑著，用那薄唇吐出令我瞠目結舌的話語，「妳不喜歡嗎？不然為什麼把它丟掉？」

幹！是程傑送的！我怎麼這麼呆又這麼鈍？全研究室都知道他在暗戀我，我不但到今天才知道，還是別人告訴我的！

「程傑，這娃娃是你送的嗎？」于馨比我早先上前一步，「送這種東西很噁心耶！」

「噁心？」剎那間，程傑的眼光變了，「妳說我跟小美的定情物噁心？」

「廢話，裡頭為什麼寫上人家的生辰八字跟名字？誰看了不毛骨悚然啊？要是我也照丟不誤，還放火燒！」于馨勾緊我，像在幫我出頭。

程傑沒說話，但是他雙眼變得深沉，緊緊握著娃娃，收起了剛剛的笑容。

「你為什麼會有我的生辰八字？而且為什麼要塞在娃娃裡？」我自己問比較快。

「因為我們幫妳慶過生啊，我記得妳的生日，然後我去找妳出生的那一年，再搭配妳六兩八的八字，就可以算出正確的生辰八字了！」果然面對著我，程傑會露出一種溫和到讓我想吐的笑容，「我合過八字了，我們是天作之合耶……」

「停！停！我受夠了！」一知道是人搞鬼之後，我就沒那麼緊張，「程傑，你很幫我，人也很好，但我們只是同學，OK？」我迅速發卡！

「我喜歡妳，小美！」程傑壓根兒沒在聽我說話，還湊近我，「我從妳一來就好喜歡妳！我相信我們在一起會很幸福的！」

慧文在此時退了幾步，但是我當時並沒有察覺。

「我已經有男朋友了，而且我很愛他！」我真的沒想到程傑會喜歡我，也沒想到他會這麼執著與偏激。

「那只是妳一時迷惘，妳捫心自問，妳會發現妳愛的是我！」程傑逼近我，再怎麼遲鈍，我也可以看出他的眸子裡閃爍著瘋狂，「我愛妳！小美，我想永遠跟妳在一起！」

「我……我不想啊！我根本不喜歡你！」我被他那副瘋狂的樣子嚇著了，不由得向後退，「不要鬧了，程傑！我們繼續當朋友就好了！」

一股寒冷自我心底竄起，那是種無來由的恐懼！我無法形容那種感覺，那是我跟許多厲鬼面對面時都沒有的膽寒！

倏地，程傑突然握住我的手腕，將我拉近。

「你幹嘛！」小辣椒于馨飛也似的也抓住我，不讓程傑將我扯得太近！

「沒有事情可以阻止我們的戀情，沒有東西能夠橫在我們之間！」他掛上微笑，陶醉般的凝視著我，「所有阻礙我都會一一剷除的，妳放心好了，小美！」

「你這個死變態！」下一秒，于馨一腳就往程傑的腹部狠狠踹下去，「放開小美！」

程傑悶哼一聲，接著倒地，聲音大到引起研究室裡的人注意，小海啦、瘦皮猴全衝了出來，看著于馨對倒在地上的程傑又踢又踹，一時間不知道應該幫誰才對！

慧文這才把我拉到一邊，交給同學們去處置，于馨把程傑的變態思想對大家說了一遍，小海立刻露出嫌惡的表情，而瘦皮猴幫我補了他一腳。

「學姊，妳有沒有看到他的眼睛？」慧文扯著我的袖角，「他的眼睛是黑色的！」

我轉頭狐疑的看著她，摸摸她的額頭，「妳發燒啦？超級巧，我的眼睛也是黑色的！」

「不是啦，我們是棕色！透著光會看見棕色，瞳仁才是黑色的！」慧文焦急的嚷著，「他整顆眼珠子都是深黑色的，而且眼球好小，眼白好多！」

「慧文，剛剛背光，連他的臉我看起來都是黑的！」我無奈的搖了搖頭，還在額上畫個圈，「尤其他的額頭，全是黑的，OK？別想太多！」

結果慧文把眼睛努力睜到最大，用一種很不可思議的眼神看著我，嘴巴還微微張開，用比見鬼還討厭的眼神盯著我。

「幹嘛！」我不舒服地彈了她的鼻子。

「小美學姊，妳竟然看得見？」她驚呼出聲。

「親愛的慧文同學，有眼睛的人都看得見，不然妳去問于馨，剛剛背光背成那樣，任誰都——」

「他印堂發黑。」慧文硬生生截斷我的話語。

我終於止住了聲，愣愣的看向她，隨著她用力肯定的點頭後，我才緩緩的轉過頭，看向倒在地上哀嚎的程傑。

他現在倒在走廊上，今天氣溫飆到三十七度，陽光灼灼，亮度一等一的閃，可是面向陽光的程傑，他的印堂是黑的。

是的。在我陳小美的眼裡，他的印堂的確是黑色的！我竟然看得見！我嚇得趕緊檢查全身上下，我該不會受傷了吧？還是流血了？

「學姊，妳不要慌，妳在幹嘛？！」慧文連忙阻止我。

「我只有在禁地裡流血才看得到異樣，我根本沒受傷，為什麼會看得見？」

慧文把嘴撐得大大的，倒抽一口氣，才緩緩提出她的見解，「會不會……因為妳被詛咒了？」

我恨恨的瞪著滾落在地上的娃娃，瘦皮猴這時把娃娃抄了起來，氣急敗壞地再度把它往垃圾桶扔！

不！我才不會被詛咒呢！親愛的爺爺奶奶外公外婆及媽媽，加上其他族繁不及備載的親人，還有服刑中的徐怡甄學姊，你們可得保護我，保佑我免於受天殺的詛咒啊！

當天下午五點，程傑的事情傳遍系上，他被封為變態之王，我不想管他，我只希望他能就此罷手，不要再纏著我！

中午于馨他們教訓過他之後，他人就不見了，但是不到兩個小時，花店就送來一束鮮紅的玫瑰，裡面用紅筆寫滿「我愛妳，小美。」署名當然是讓我噁心的「程傑」。

我不知道他為什麼會認為我也喜歡他？還要我捫心自問？我怎麼樣都不可能會喜歡他，從頭髮到腳趾頭都不可能！我只當他是同學，怎麼可能會有男女之情！

連八字都合了，我一整個想吐血！

「噁……我第一次看到紅玫瑰會覺得噁心！」小海走了過來，「學姊，妳可真受歡迎！」

「夠了！我想拿去丟掉！」我抱起花，往垃圾桶走去。

「他好專情喔，他真的很喜歡學姊耶！」小海跟過來，「學姊，妳不考慮跟他交往看看嗎？」

「妳是哪根筋有問題啊？我有男朋友了耶！」我白了小海一眼，她是故意損我的吧？

「嗯……我只是覺得他怪可憐的！」小海的聲音悶悶的從身後響起，「因為他很努力在祈禱說！」

「咦？」我不由得回首看她。

「就是各系館的願望傳說，他每一個都去試！」小海微噘著嘴，「我常在半夜看到他的身影，說不定他就是去祈求跟學姊在一起喔！」

「夠、夠了！」我全身寒毛都豎了起來，沒想到程傑做到這種地步！

什麼階梯許願、圓柱許願、柳樹許願……學校無數個傳說，他全部都去過？如果他真的這麼做，很遺憾我不但不會被他的誠心所打動，反而會為他的作為感到毛骨悚然！

這樣的男人，究竟對我執著到什麼地步？要他放手容易嗎？

我要離開這裡！火速離開！

「于馨，我要閃人回宿舍了！」我把東西全扔進大包包裡。

「好，我陪妳回去！妳一個人我不放心！」我發現于馨超有義氣，從頭挺到尾！

「謝謝！」我承認膽大如我，現在也非常需要有人陪伴。

學長！我好希望你現在就下來陪我喔！雖然我被人追了，可是卻是一個恐怖的大變態！

于馨馬上收了東西陪我離開，結果我們才走出系館，迎面而來的正是慧文，她朝著我們揮手，快步過來。

「小美學姊，妳要去哪裡？」慧文擔憂的看著我，「我想說妳遇到了奇怪的事，才想過來陪妳說……」

我真的很感動，雖然這個二兩一的傢伙以前一天到晚帶一堆東西回家，拿我當驅鬼機器，但終究還是個好學妹！

我正式幫她跟于馨做了介紹，因為于馨是膽小玉亭的堂妹，大家有共同的話題，自然很容易熟稔。慧文建議我回萬應宮去一趟，因為她老覺得不對勁，坐立難安，要阿蓮幫我看一下。

我也想啊，問題是阿公帶阿蓮去東京迪士尼玩，要三天後才會回來！

我開始覺得我有點時運不濟，每次出大事時，阿蓮跟阿公不是往外跑，就是給我出國！

「呀！」慧文突地一聲驚呼，于馨跟著拉住我！

我趕緊回神往前看，竟然見到程傑就站在前方不遠處，手上又拿了一束紅玫瑰！

我不喜歡玫瑰花，從來就不喜歡，他一直拿玫瑰熏我是怎樣！

「程傑，你夠了沒有？小美說她對你沒興趣！」于馨宛如護花使者擋在我面前。

「那是她受到迷惑罷了！」程傑冷冷的望著于馨，「就是你們這些人在迷惑她！」

「放你的狗屁！」于馨哼了一聲，緊拉住我的手，「我們走！」

說要陪我的慧文一直沒講話，緊緊扣著我，微微的顫抖來自她的身軀，我不懂她為什麼一直在發抖！她怕程傑嗎？怕什麼？好歹他是人啊！

可是如果慧文連是人的他都怕的話……我不由自主的打了個冷顫。

「妳是怎樣？他是活人吧？」我拍了拍她。

「我很怕他，他比亡靈還嚇人！」慧文邊說邊打哆嗦，「那個人身上散發出濃黑色的氣，好可怕！」

唉！我看不見，拉倒！

程傑不死心的又追上來，「小美！小美！請妳收下我的花！我的愛！」

「我不要！」我實在快受不了了，「我不想接受你的任何東西！」

啊！就是這句話！那個陌生帥哥加上阿蓮跟學長都說過，叫我不要隨便收別人的東西！該不會就是指這個吧……程傑的愛與花？我死都不能收！

程傑繼續跟著我們，逼得我開始小跑步，離停車的地方還有一段距離，我擔心還沒到愛車就被程傑給纏上了！

忽地一台摩托車呼嘯而過，停在前方，還朝我扔來一頂安全帽！

「學姊！上車！」瘦皮猴大叫著，「于馨，妳載另外一個學妹！」

哇哇哇！想不到不是只有女生有義氣，男生也有啊！算我沒有白照顧這個學弟！

我感激涕零的戴上安全帽，飛快的跨上機車後座，瘦皮猴不忘回頭瞪了程傑一眼，罵了聲死變態，便驅車離開。

于馨的車停在附近，載著慧文一會兒就追了上來。

「他在後面！」于馨與我們並行時，突然大吼。

「什麼？」我驚訝的回首，發現程傑真的拿著花，騎著機車在後頭追趕。「有沒有搞錯？他有病啊！」

「百分之百！」身為男人，瘦皮猴挺瞧不起他的。

這種執著讓我害怕！程傑一味的認為我也喜歡他，這是個天大的誤會！他如果持續這樣自欺欺人下去，是否會追我到天涯海角？

「小美——」眼看著，他就在我身後了，單手握著車把，另一隻手把花遞給我，「收下！請收下我的愛！」

我沒有回答，我不想回應他一字一句，所以我選擇別過頭去，叫瘦皮猴加速！

一個蛇行，瘦皮猴飛快的繞過一輛公車前方，我們順利的穿過了車陣，後頭卻傳來刺耳的煞車聲，以及重物落地的碰撞聲！

我慌張的回首，沒有瞧見程傑，只看見一輛大型遊覽車卡在路中央，然後聽見有人尖叫、有人煞車，有一堆人停了下來！

「是……程傑嗎？」我怔然的拉著瘦皮猴的衣袖，「停車！停車！」

不會吧？不要告訴我因為這場追逐，導致一條年輕寶貴的性命喪生啊……我們一行四個人往路人圍觀處走去，所有的車子都卡在大馬路上動彈不得，圍觀的人越來越多，我們一個擠開一個地前進。

終於在遊覽車邊，我見著了一雙腳、滾落的安全帽，還有正逐漸擴散的血泊……被輾成く字形還卡在輪下的機車，正是程傑的車子。

我快不能呼吸了，希望程傑沒事。就算他變態瘋狂的想追求我，我也沒有希望他死的意思！

「妳——小姐！他在叫妳！」蹲著的粗漢，指著我叫道。

我還來不及反應，後頭就有人推著我，前頭也有人拉著我，我被一路推送到那雙腳的旁邊，看著鮮血如注的程傑，正奄奄一息的躺在地上。

血幾乎掩蓋了他變形的臉，頭骨因為擠壓而快擠掉一顆眼珠子，手腳應該都斷了，最可怕的是他的身體，不僅肚破腸流，還有一隻腳已經快跟身體分離了！

但是他還活著，他用還能舉起的手，拿著殘缺的紅色玫瑰，朝向我。

器官、腸子、鮮血、玫瑰，一片鮮紅色映進我眼簾，教人不忍卒睹！

「叫妳啊，小姐！」在他身邊的大漢粗魯的一把拉下我，我差點就跌在程傑的身體上。

「收……收……請妳……收……收下……」他吃力說著模糊的話，鮮血隨著他張口而不停溢出，「收……收……收……下我、我……的……的……」

我腦子一片空白，神智呆然，只能蹲在那邊愣然的看著他不停流出的鮮血、抖個不停的手，還有他手上那枝殘缺的玫瑰。

「拿著啊！」大漢大吼一聲，「妳這人是怎樣！」

我嚇得差點跳了起來，倉皇的伸出了手，原本還在猶豫……因為我怎麼好像忘記一件很重要的事情？

程傑的手突地一軟，打到我的手，我的手跟著染上鮮血，然後他的手掠過我面前，落在布滿他鮮血的柏油路，還啪的激起血花。

他死亡時的表情我永遠也忘不了，他僅存的一隻眼睛泛著一種幸福滿足的迷濛，那視線專注的看著我，不停湧出鮮血的嘴角噙著溫柔的笑容。

而那朵殘缺的玫瑰和著血，就這麼落在我的掌心中。

我，收下了程傑的花。

第三章・至死不渝

下午的車禍歷歷在目，即使已經晚上了，那景象依舊在我腦中揮之不去。我們跟著進警局做了筆錄，整件車禍只能說是程傑穿梭車陣，閃避不及，法律上無法怪罪我們。

但良知上呢？最讓我耿耿於懷的，是我所不知道的規範。

某個不認識的男孩說我被詛咒了，我不由得想起那個讓我全身直打哆嗦的永世娃娃，還有裡面的字條——屬於我的生辰八字。

我這時腦子特別清醒，我記得詛咒這種玩意兒是毫無規則可言的，只要是「真心」的，就算只有一句話也能詛咒，根本不需要什麼道具！那如果那個娃娃是程傑對我下的咒，他死了之後……

我感覺到有事情不對勁了！從下午程傑死在我面前後，情況已經變了。

「學姊……妳還好嗎？」一直陪著我的慧文幽幽的問。

「還好啦！」我看她笑著說，其實自己也不確定。

「可是那個男生死了！他活著時就很可怕了，橫死之後呢？一個執著於妳的厲鬼是怎樣都甩不掉的！」

啊啊……真是太感謝慧文的哪壺不開提哪壺了！這就是我覺得最困擾的事！程傑因我而死，在我面前死去，他不可能會輕鬆地到酆都報到，而是會執著的追著我、纏著我！

這跟我以前遇到的厲鬼都不同，因為程傑是真心想要我！

「慧文，沒關係的！幸好我是陳小美！我八字超重，還有一堆數不清的守護靈！」

慧文用哭紅的雙眼看著我，眉頭皺了起來，然後有點勉強的點了點頭。

不知道怎麼回事，我的心情輕鬆不起來，像是有塊大石頭壓在我心口，讓人窒悶得喘不過氣。

因為連我都自忖，我的八字與守護靈，真能敵得過執著於我的程傑嗎？

瘦皮猴跟于馨稍早之前就跟我們分開，慧文陪我到最後，我們隨便吃完晚餐，也沒心情聊什麼，決定趁早打道回府。

慧文一直很認真的環顧四周，她本來就不是易看見鬼怪的體質，硬要看見也真是為難她了。

「慧文，別再看了。」我輕笑著。

「學姊，這次不同以往耶！之前兩次都是人家搞錯人了，這次這個不一樣！而且他對妳超執著……」慧文挨近我身邊，「打個電話給學長！」

「我當然會打！」我怎麼可能不跟他講呢，事實上，慧文說的我都知道，我還希望學長能立刻下台南來幫我。

「萬不得已，回萬應宮！」慧文連後路都幫我想好了。

「妳那位阿蓮大師又不在。」我直犯嘀咕，阿蓮十成十故意的。

「阿婆們都在啊，不然小珮姊姊也在，萬應宮都是高人，不信制不了死靈！」慧文說得一副煞有其事的模樣，彷彿我已經開始被惡靈纏身了。

「我說慧文啊，妳到底是看到他了沒？」我知道我不該問，問了多害怕，但是我這個人就是這樣，寧可知道敵人在哪裡，也不想乖乖挨打。

「……沒有。」她聳聳肩。

「連個鬼影都沒出現，妳別想太多好嗎？」我捶了她一下，知道她是因為擔心我！「我是無敵陳小美，別忘了！」

事實上我不大敢回萬應宮，我覺得我會被罵到臭頭！而且小珮姊生起氣來很可怕，我還是按兵不動先！

「說的也是！」慧文終於破涕為笑，「真搞不懂怎麼會有人對妳那麼執著！噗！」

「喂！妳說那什麼話啊！」

唉，對我執著也不好，好不容易覺得自己有點身價，跑出個追求者，竟然是個偏激的變態，而且還掛點了！

我們走在安靜的小路上，身邊就是矮磚牆，夜風有些涼，而且還帶著盛夏不該有的清冽。我下意識的搓了搓手臂，開始狐疑的瞻前顧後，總覺得從腳邊刮起來的風越來越大也越來越冷……

身邊的慧文開始發抖，她臉色益發蒼白，讓我全身寒毛都豎了起來。

「慧文，妳……鎮定一點。」我試著捕捉她的視線，看她焦點落在哪，那就有鬼怪！

然後，慧文突地停下了腳步，表情驚駭的看著——我。

「學姊……妳、妳……」她顫抖著伸出食指，直直指向了我。

我倒抽一口氣，屏住呼吸，我身後就是那矮磚牆，還能藏得了什麼東西？再怎麼害怕我還是緊握雙拳，心裡大喊三秒，立刻轉過頭去！

管你是什麼東西，全部給我滾出來——

我一回頭，瞧見的依然是那片磚牆，路燈斜照著我與慧文的身影，斜斜長長的映在老舊的紅磚上，呈現三個人影。

是的，三個人。

在我與慧文中間，多出一個人的人影，那個人有鼻子、有額頭、有嘴巴，甚至也有完整的身體……只差一雙腳，那個影子沒有腳，是從我身上長出來的！

我連尖叫都忘記了，只瞪大雙眼看著我眼前所見，這簡直是天方夜譚，怎麼可能會有這麼荒唐的事！

「學學學姊……那個是、是……」慧文語不成串，臉色白得跟紙一樣。

「程傑？」我大膽地叫喚他的名字，一隻手顫巍巍的伸上前去。

昏暗的路燈映著我的身影，我變得細長的手影映在牆上，我心理有一千萬個聲音喊著不可以，但是我還是無法克制的想知道真相！

這時，我身邊那多出來的「人」，也伸出他的手，溫柔的抱住我！

「小美……」牆上的影子開口說話了，「我就知道妳愛我……」

不——我到死都分得出來，那是程傑的聲音！

「啊呀——」連思考都沒有，我回過身，拉著慧文拔腿就跑！

我無法呼吸了！我真的快吐了！是程傑啊！

我不顧一切的向前奔跑，右邊的紅牆上不時映著我以及黏在我身上的影子，我選擇視而不見，倉皇的衝回宿舍，因為門外有張符咒能擋下所有惡靈邪鬼，一定會擋下他！

當我們狼狽瘋狂的衝進宿舍，用最快的速度關上門時，慧文腿一軟就跌坐在地，而我腦子還一片空白。

「嗚……天哪！天哪！小美學姊！他黏在妳身上啊！」慧文抽抽噎噎的，「妳看到了嗎？妳有沒有看到！」

是，我看到了。

我無助的坐在地板上，我不訝異程傑的亡靈出現在我身邊，我也不意外他可能對我的執著，但是為什麼——我看得到他的倒影？

「媽？」我朝著空中喊叫，希望能得到一點回應，我的守護靈為什麼失去了作用，他們不可能讓亡靈靠近我的身邊啊！

這是有史以來最讓我恐懼的事情，光是我八字的分量，他就不可能離我那麼近！手機鈴聲倏地響起，逼出我一聲驚叫，最好不要是程傑打的！好！就算是他打的，我也非接不可！

好不容易翻出手機，來電顯示竟是學長！

「學長！學長！」我一接起電話就克制不住慌張，「我跟你說——」

「妳收了人家什麼？我不是再三跟妳說過……我每次都再三跟妳說一堆事情，妳有沒有在聽！」話沒說完，學長又開罵了，「我真的會被妳氣死！妳究竟要惹多少事上身才可以！」

「我……嗚……」我說不出話來，淚水迸得流出。

「不要哭了！我已經在高速公路上了！妳現在人在哪裡？」學長口氣微微軟了一點。

「高速公路？你要下來？」我有點錯愕，學長無緣無故怎麼會下來？

「事情這麼大條了妳還拖？一發生事情就該跟我說！」我聽見學長不爽的按了

喇叭，「要不是妳媽來通知我，我還不知道事情多嚴重！」

「媽？媽去找你？」

「小美，妳所有的守護靈都跑到我那裡去，用 MSN 訊息灌爆我的電腦！」

喔喔，媽他們很會做這種事，當初跟玉亭住到鬼屋時，媽也都用 MSN 通知我事情。

「可是……媽他們幹嘛跑去你那邊嘛！他們可以通知我啊！」我電腦明明都開著，也有 MSN。

學長突然沉默了，他不講話時最可怕，不是要罵人，就是要講很嚇人的事情。

「小美，妳的守護靈無法守護妳了。」學長用淡然的口吻，拋出一個炸彈。

「咦？」我只能咦，因為我的腦子根本不能運轉！

「他們全部被趕出來了，妳的本命被封住，他們現在別說保護妳了，連靠近妳都做不到。」學長長長的嘆了口氣，「我還不知道對方是用什麼術法困住他們的，但是現在妳沒有守護靈了，懂嗎？」

懂嗎？天殺的！我怎麼可能會懂！我的守護靈既然是去世的親人，怎麼可能會離開我身邊？他們應該切切實實屬於我的啊！

「這到底是怎麼回事！學長，這太奇怪！一點都不合理！」我握著手機的手開始顫抖，「沒有人守護我了，我該怎麼辦……而且我剛剛還看到……學長？」

學長那邊突然傳來一陣驚吼，然後是髒話，接下來是我從未聽過的劇烈碰撞聲，最後是學長的一聲長叫……斷訊，手機完全失去了聲音。

「學長！學長！」我慌張的拿起手機看著，電話斷了！

「怎麼了？」慧文也緊張兮兮的嚷了起來。

我試著重打，卻直接轉入語音信箱！沒電了嗎？不、不能再這麼天真！剛剛那頭聽起來像發生了什麼事情，有大叫、有碰撞，感覺像是……車禍？

不！一定只是A到而已，沒事的沒事的，我不能自己嚇自己。

想是這麼想，我兩隻手卻開始不住的發抖，我從來沒有想過會有一口氣失去所有守護靈的一天，一瞬間像是沒有了守衛一樣，我變成孤軍奮戰了！

而且我自己知道，沒有了守護靈，連我六兩八的八字也敵不過他，我現在已經陷入了極度危險的境地了！

程傑能接近我嗎？他到底動了什麼手腳？最讓我感到發毛的。是他生前就知道我擁有的守護力量，所以及早找出破解的法子，才能在死後纏著我嗎？

不能慌，不能再白目了！陳小美！一定要靜下心來想想發生了什麼事，好歹也跟厲鬼周旋過，在學長身邊也那麼多年了，再不然看萬應宮除靈也不下數十次，許多道理規則只要努力去想，總可以想出什麼的。

我到底做了什麼事？程傑又做了什麼，才會讓一切演變至此？

「學、學姊！」慧文的聲音再度傳來，她站在我的衣櫃邊，兩眼直瞪著我的電腦看。

我光聽她的聲調，就知道出了什麼事。

我站了起來，走到電腦桌上，腦子一片混亂的我看見了我的電腦邊，立了一尊新娘娃娃。

我丟掉的那尊新娘娃娃！

雖然恐懼侵蝕我的理智，但是憤怒凌駕一切，我說不上來我現在有多火大！我一想到學長可能出事就巴不得海扁程傑一頓，現在再看到那尊新娘娃娃出現，我想把它給燒了！

毫不猶豫的拿起娃娃，粗暴的卸下底座，裡面該死的還是有那張寫著我生辰八字的紙條！

他媽的！看來我就算把它丟進海裡，海都會把它還給我是吧？于馨說過，永世娃娃是一對，程傑一定動了什麼手腳，讓娃娃會一直跟在我身邊，因為我應該就是那個新娘！

如果程傑對我下的是詛咒，那這些都源自於咒語，阿蓮說過，任何咒術都有破解之道，端看如何找出源頭，以及應對的方法。

我對於這類事完全不拿手，這讓我又氣又急又緊張，眼淚從眼眶裡被逼出來，我感到如此無助！

可是淚水才滑到臉頰上方，就不見了。

我明顯地感受到一絲冰涼掠過我的眼瞼下方，當我另一隻眼的淚水再滑落時，淚水又在半途被抹去。

我僵住身子，緩緩地回頭望向右後方的角落，燈光自左前方的書桌照來，我的身影變得既斜又長，扭曲的映在後頭的衣櫃、門上……或牆上。

只是，不該會是兩個人。

兩個影子合為一體的倒映在衣櫃上，看起來就是一個男人親暱的摟著女友，我還能清清楚楚的瞧見程傑曲起右手食指，靠近我的臉頰。

慧文則是眼睜睜看著我，連退好幾步，我想她應該是親眼見到黏在我身上的鬼魂了。

「阿蓮師父的符咒……沒有用？」她喃喃吐出這幾個字，淚水啪嗒啪嗒的掉。

學長每次都叫我要對死者心存敬意……究竟我為什麼得對這種死者心懷敬意啊！賀昕宇！你有本事就立刻過來解釋給我聽！

「我們走。」我嚥著口水，壓抑住滿腔的噁心，掄起包包、抽過鑰匙，決意離開宿舍，乾脆直接前往萬應宮。

那兒至少是間廟，還有不少高人在！

只是我轉開喇叭鎖，才拉開一小縫，一陣風呼嘯而過，「砰」的把門給推上了！什麼東西！我瞪大雙眼，往右手邊看著空氣，然後開始使出吃奶的力氣想把門拉開！可是有股強大的力量，壓住了門，任憑我怎麼使力就是打不開！

「學姊！他、他不想讓我們走！」慧文尖叫著，離我至少有十步遠。

我還來不及反應，腰上竟送來冰涼，一股力量圈住了我，有人環住了我的腰！

不——好噁心！好噁心！我發狂般的扭著身子，他竟然敢碰我，活著的時候我不允許，死了之後更甭談！滾！

我踉蹌的撞上衣櫃，才想攀住櫃門，衣櫃卻被我粗魯的動作給拉開，我的衣櫃裡有一扇穿衣鏡，此時正清楚的映照出神色慌張的我，以及我身後的那個人。

這讓我停止了掙扎，因為在沒有流血的情況下，我看到了「鬼」！

這件事對於有陰陽眼的人，如慧文、玉亭，甚至是小珮姊，或許都是司空見慣的事，但是對我這個明明連亡靈都近不了身的人來說，是無與倫比的恐怖！

我身邊就站著程傑，與其說是站著，不如說是飄著……喔！不！該說他根本像長在我身上！他像一株小枝椏，從大樹生長出來似的，與我緊緊相黏。他維持死前的模樣，變形的頭骨與臉頰，一顆眼珠因為輾過的壓力所以凸出了四分之三，鼻子、嘴巴噘了起來，因為鮮血淋漓，我可以忽略腦子爆開的裂口。

然後他的一隻斷肢摟著我，另一隻搭在我肩上，咧著血紅的嘴，在我身邊笑著……幸福滿意的笑著。

我竟然看得見亡靈啊……這已經不是嚴重可以形容的了，對我來說，這宛如世界末日一樣。

「沒有人可以阻礙我們……」他笑著說時，血跟著湧出嘴角。

我全身顫抖，眼淚像水流一樣拚命湧出，看著程傑用斷指撫摸著我的臉跟我的頭髮，我只感到無盡的恐慌與絕望。

我下意識裡隱約知道，這次我惹上了宇宙超級大麻煩，而且恐怕連阿蓮或是再厲害的驅魔師都對付不了！

「我要出去！」我對著鏡子，哽咽的開口，「你不會不讓我出去對吧？我想去買飲料、買宵夜……」

鏡子裡的程傑怔了一怔，好像在思考似的，然後用他僅存的那隻眼，心疼的看著我！我能瞧見他皺起的眉頭，改變了頭上源源不絕的血流方向。

毅然回首，我刷的拉開門，發現一切竟暢行無阻！程傑真的是喜歡我的，他會對我的要求有求必應嗎？他不會傷害我嗎？

我出了門就往樓梯跑，手裡緊握著慧文的手，雖然我不像她可以直接見到程傑的鬼魂，但是我卻能感受到有冰冷的血滴在我身上。

我焦急的打電話給學長，但是電話還是直接轉進語音信箱，這讓我的不安持續高漲……學長！你沒事！我知道你一定沒事的！

過程中程傑並沒有阻止我，我也不想再問他對學長做了什麼事！

「喂喂！跑那麼急去哪？」突然有人自黑暗裡伸出手，拉住我，拖進一棵樹下。

「哇呀！」我失聲尖叫，卻直直被拖進去！

這是大馬路邊，路燈稀少，但是藉由店家及路上車水馬龍的光線，還是可以清楚的看見所有事物！在一棵大樹下站著一個男孩子，他莫名其妙的扣住我的手腕，將我拉近身旁。

「嘖嘖！才幾天沒見，就帶了夥伴啊！」男孩喝著思樂冰，一臉悠哉悠哉。

「你是誰啊？」慧文跟著跑進來，意圖扯掉男孩的手。

「放開我！」我想甩開手，意外地發現那小子力氣不小，「喂！我喊救命前會先扁你喔！」

「最好是！妳扁我之後會繼續被鬼跟！」男孩睨了我一眼，有夠屌！

「你說什麼！」我跟慧文異口同聲！

「轉個圓圈看看，那位親愛的追求者站在那裡！」他鬆開手，輕推我的背，話中透露出彷彿他什麼都知道。

我根本不想轉，我只想知道這位是何方神聖，但他卻硬逼著我轉圈，我才赫然發現，程傑竟然站在樹之外，馬路旁邊——並沒有黏在我身邊！

「你怎麼做到的！要怎麼樣才可以把他趕走？」我回身抓住男孩的T恤，「拜託拜託！我不想看到鬼！我一點都不想！」

「很遺憾，驅魔不是我的專長！」他說話的語調很平淡，平淡到讓我很失望。

我昂首看著他，慌亂又襲上心頭，「可是他現在在外面……他不能靠近我啊！」

「那是因為這棵樹啊……」男孩瞇起眼看著樹，還伸手拉拉樹枝，「這棵樹位置好、風水佳、靈氣旺盛，像那種被詛咒的亡靈怎麼敢靠近！」

「那我——」

「妳高興的話，可以一輩子住在這棵樹下！」男孩衝著我挑挑眉，「自己種的因就要自己承擔，誰教妳要亂收東西！」

我一時啞口無言。好樣的！這個陌生的路人小子竟然跟學長一樣訓我！不！他的語氣不只像學長、還像學長他哥、像阿公、像小珮姊、像阿蓮……像所有能對付魍魎鬼魅的人！

因為我每次都惹大家生氣，永遠都不細心，永遠都把大家的話當耳邊風，也永遠不去注意陰陽鬼界的事情。

「我自作自受對不對？」我得用力咬住下唇，才不會哭出聲音。

「才不是！」慧文衝上來抱住我，柔聲的安慰著。

「本來就是！活該！」男孩還哼了好大一聲，「虧我還覺得跟妳有緣，事先警告了也沒用。」

咦？事先警告？這件事情其實之前就有人對我耳提面命過了，阿蓮算出我有劫數，叫我千萬別亂收別人給的東西；學長一天到晚唸，我也沒當一回事……可是除了他們兩個之外，還有誰？

「啊！你是那天站在樹下的小子！」我總算想起來了，那天早上搭訕的男孩，我還以為他在開玩笑！

「現在才認出來？妳眼睛真笨！」男孩不悅的白了我一眼！

「我現在哪有時間認人啊？我只想快點把他解決掉！」我手一指，指向了程傑，「他為什麼跟著我？我為什麼失去了守護靈？我八字那麼重，他又為什麼能靠近我！」

「這是一種咒術，他在妳身上下了咒。」男孩又跟學長他們一樣，說著難解的話。

但是我不能再聽不懂了，我要聽進去，我要用心去領會他說的每一句話，才能夠找出些許端倪。

「你願意幫我嗎？」

「不願意我就不會出手救妳了，我沒那麼好心腸。」男孩勾起一抹笑，我老話一句，這傢伙幾年後會是個萬人迷。「不過很多事得從妳自己做起，何況我不是專走這行的人……嚴格說起來只是個業餘的。」

「嗄？那我會不會被你越搞越糟啊？」

「妳還敢嫌？拉倒，再見！」他頭一撇，回身還真的要走！

「對不起！對不起！我不是故意的嘛！」我嚇得拉住他，現在只有他是比較可靠的人了。

「哼！」他懶懶的回身，像勉強至極一樣，「妳呢，從現在開始得跟這位先生好好相處，別讓他阻止我們。」

「為什麼？我幹嘛跟他好好相處！」程傑對我下了咒，我沒砍他已經仁至義盡了！

「對死者要心懷敬意，懂嗎？」他笑著說了令我頭皮發麻加耳朵長繭的話！

一直以來，學長都是這樣行事的，也一直如此的提醒我。

不過，我一直沒有做到的，也就是這一點。

第四章・化咒

我們三個人決定從事情的源頭開始查起，所以我帶著男孩到研究室去，慧文一路上都很安靜，她看起來憂心忡忡，卻又對陌生的男孩感到好奇與防備；于馨跟瘦皮猴他們還在研究室裡，對下午的車禍高談闊論。

我帶著叫「阿楷」的男孩來到電腦桌邊，事情從永世娃娃開始。

我跟他形容了永世娃娃的樣子，他越聽眉頭皺得越緊，然後不發一語的開始環顧四周。

「小美學姊，妳要不要再打通電話給學長？」慧文突然拉了拉我的手，她不安的又瞥了阿楷一眼，並不信任這位從天而降的陌生人。

「剛打過，一樣沒接通。」我回答慧文時，身邊的程傑吃吃的笑了起來。

我已經能清楚地看見程傑的魂體了，一如有陰陽眼的人，清楚到不行；心浮氣躁的我就算隱約知道學長可能出了什麼事，但是我就是不想面對現實。

「怎麼了？」瘦皮猴湊過來。

「大事不妙了啦！」已聽我大略描述過，又是現在唯一看不見的于馨竟然露出找到同伴的表情，「你也看不見那個死變態在哪裡嗎？」

電光石火間，我瞧見程傑露出一臉猙獰，狠狠的瞪向于馨。

那瞬間我心底湧現不安，因為我發現程傑的鬼魂對我身邊的其他人都非常有敵意，甚至有一股濃濃的怨氣。

于馨走過去跟瘦皮猴講事情的始末，瘦皮猴面露驚訝與狐疑；我對這種事快麻痺了，只能把所有希望寄託在一個高中生身上！可是阿楷很怪，他只坐在位子上，左右瞧著，像在沉思什麼，卻又不開口。

「會不會太噁心啊！」身後傳來嫌惡的話語，「對學姊下咒？」

「我們竟然有這種同學！」于馨也聳了聳肩，「他竟然這麼喜歡小美，喜歡到要下咒耶！」

「學姊，現在是怎樣？他該不會連車禍都是故意的吧？搞自殺？這樣就可以在妳身邊陰魂不散？」瘦皮猴皺了眉，搓了搓手臂，「真是變態到家了！」

空氣的流動變了！我訝異於我竟然能感受得到！空氣變得沉悶並夾帶著一股奇

怪的味道，而我身邊的壓力頓時變重，我幾乎能感覺到程傑正散發著怒意，衝著瘦皮猴他們！

「看來妳不是唯一一人。」身邊的阿楷，突然抬起頭看著我，揚起冷冷的笑容。

「什麼意思？」我不喜歡這個小伙子過於早熟的眼神。

「對死者不敬，好像不只是陳小美的標籤嘛！」阿楷站起身，「沒有人知道程先生在那裡嗎？」

阿楷都尊稱程傑為程先生，我不懂他為什麼用尊稱，但他不管對什麼都會加上敬語，既然死者為大，我決定跟著改變。

即使程傑有多麼讓我厭惡、反感，在確定事實之前，我必須把他當作一個普通的同學。

「我想先去他的住處看看，那應該是施咒的好場所！」阿楷明快的下了決定。

瘦皮猴立刻呼喚學妹小海，因為她跟程傑住在同一棟樓，而那棟樓有門禁，沒磁卡是進不去的，所以瘦皮猴就盧小海早點回家休息，好帶我們進公寓。

小海不大高興的回去拿包包，腳步重重的踏下樓梯，經過我面前時，莫名其妙笑了起來。

「幹嘛？」我不悅的回她。

「沒什麼！」小海聳了聳肩，「我只是覺得，學姊跟程傑很相配啊！新郎跟新娘喔！」

「喂！小海！」于馨不高興的吼著，氣氛一時緊繃。

「要吵架等事情結束再吵！」門口的阿楷不耐煩的出了聲，「幼稚！」

哇哩咧，沒什麼事比被高中生說幼稚還尷尬的了。我阻止于馨動怒，讓小海領著我們前往可能的施咒現場。

到程傑的租屋處時，我感覺到他消失了，我轉頭見不著他，肩上也沒有壓力感，一切好像恢復成過去什麼都看不到的感覺；但是我心裡並沒有比較輕鬆，不是因為知道他會回來，而是瞭解事情才剛開始，尚未落幕。

我在途中打電話給小珮姊，卻一樣接不通，於是傳了封簡訊給她，請她幫我聯絡學長，要是學長真的出了事也不要告訴我，我寧願相信他安然無恙。

我必須靠自己度過這一關！

程傑住的地方離學校很近，我們一行人浩浩蕩蕩的下了車，這又是第一次我不需要任何人的提醒，就知道程傑的房間是位在哪一樓、哪一間。

「左上方，三樓，倒數第一間。」我伸手指出方位，同時間慧文很詫異的看著我。

我苦笑著，因為那間房間散發出詭異的深綠色光芒，每一間房間都透出日光燈或是黃色的燈光，唯獨只有那間房間不但透出深綠色的奇怪色調，還有奇怪的東西在搖曳。

「你們怎麼都知道是哪間啊？」于馨驚呼著。

我無力的看向她，心中興起一股不耐煩，只祈禱她不要因為看不見給我扯出多餘的事情，連累大家。

我率先邁開步伐，身邊卻傳來輕笑聲。

「笑屁啊？」我白了阿楷一眼，這小子都沒有高中生該有的模樣！

「妳是被詛咒的人，來到奇怪的場所，竟然帶頭領軍往前走啊？」他越笑越誇張，「我很少遇到像妳這麼勇敢的人呢！」

「你才知道呢，學姊最強了！」慧文好死不死的幫我接話，「以前不管遇到什麼難纏的厲鬼啊，小美學姊都是第一個挺身而出保護大家呢！」

「夠了！那是因為以前我有十個守護靈，八字又重到不像話，我不保護大家誰保護啊？」我沒好氣的推了推她，「今非昔比了，慧文，嗚嗚，我們站在同一陣線了！」

「可是妳現在都失去了優勢，為什麼還是走在最前面？」阿楷若有所指的瞥了我一眼，「是英雄式作風使然嗎？」

這句話有夠刺耳，我緊握拳頭，巴不得立刻給阿楷一拳！但我是淑女，怎麼能這樣做呢？（事實上是等事情結束再來算帳。）我只是深吸了一口氣，看向連進出口都很詭異的大門。

「因為程傑不會傷害我，不由我開路誰來開路？」說著，我逕自往大門那兒走去。

小海搶先我一步，用輕蔑的眼神瞥了我一眼，打開包包找門禁卡；身後的瘦皮猴跟于馨兩個人還在討論程傑有多變態，吱吱喳喳的讓我有些心煩。

我現在把自己當成學長，想著下一步該怎麼做。

我是被什麼詛咒？把娃娃毀了就沒事？還是我得做個法會？雖然我覺得程傑臨死前給我的那朵玫瑰比較可怕，可是我已經把玫瑰扔掉了啊！

小海幫我們開了門，在不耐煩中卻顯得有點詭異，因為她不時瞄向我，還暗自竊笑。

「程傑陰陽怪氣又自閉，喜歡小美學姊也不是什麼怪事！」小海領著我們往前走，「學姊，他這樣死掉，妳要小心被怨魂詛咒喔……哈哈哈！」

哈哈哈……以前的我可能會跟著笑，也可能會對於她的諷刺置之不理，但現在我只想快點進到程傑房裡一探究竟！

我說了聲謝就快步的往上跑，才抵達走廊就感受到一股明顯的壓力！有股陰冷的氣息從程傑房門下的隙縫竄出。「直接開嗎？還是……」我遲疑了一會兒，還是舉起右手，輕輕的敲了門。

門，就這麼自動開了。

後頭傳來倒抽一口氣的聲音，我知道他們嚇得連尖叫都忘了，因為那扇門的喇叭鎖是自動轉了半圈，然後「喀啦」一聲打開。

門緩緩的開啟，我兩眼發直的看向前方，開門的人正是程傑。

他血淋淋的笑著，眉開眼笑地歡迎我進入。

我心底湧起一股酸，他知道他死了嗎？為什麼還能露出如此開心的笑容？剛剛從我身邊消失，純粹是因為我要到他家來嗎？

我對程傑的厭惡感消失了一點點，同情多了一點點。

我們一行人擠進程傑的屋內，裡面竟有個五燭光的微弱燈泡在閃耀著，他把玻璃窗全塗上黑漆，所以整間房有一股窒悶的沉重感，而空氣中瀰漫著一股臭味，令人作嘔。

我急著想找出蛛絲馬跡，開始左顧右盼，後頭的于馨則按著電燈開關。

「燈壞了耶！」她說。

「沒關係！這裡有蠟燭！」慧文在書桌邊發現了一大盒蠟燭。

大家開始點燃蠟燭，一人一支，把整間屋子照得通亮，人影映在牆上搖曳，程傑就站在窗邊，笑容滿盈的看著我。

「你對我做了什麼？」我在心裡問。程傑沒有回答，只是繼續笑著。

慧文根本黏在書桌邊，一步也不敢動，瘦皮猴則一直翻箱倒櫃，巴不得把屋子掀過來找。

他發現一堆書籍，全跟古老術法、咒術有關係，每一本關於戀愛成真的部分都用自黏貼標了記號……哇哩咧，這種書是去哪裡借的啊？為什麼他隨便就借得到！

「小美學姊，這裡！」慧文呼喚了聲，她指向書桌。

我把蠟燭往桌邊一照，隱隱約約看到桌上有奇怪的痕跡，但是卻看不出所以然來；不過桌上有紙張燒毀過的碎屑，還有一些……很奇怪的斑點！

「好臭喔！房間有味道！」于馨摀住鼻子，皺著眉說。

「誰知道？那種人搞不好沒洗過澡！」瘦皮猴開著玩笑，彎身在床下探來探去，「噯！有個籠子耶！」

他把籠子提出來，我們都以為程傑養了什麼寵物，但是籠子裡空無一物，只有些許白色的短毛。

「真怪，他會養什麼動物啊？」瘦皮猴狐疑著，索性跳下床，往籠子邊去找。

一直都沒動作的阿楷看著我們，然後凝視桌面，我沒催促他，我猜他應該心底有譜，只是在思考而已。

「把蠟燭熄掉！」他開口說，「只留下小美的蠟燭。」

「為什麼？」于馨不依，她覺得太黑很可怕。

阿楷沒作聲，我叫大家確實熄掉，房間裡慢慢的變暗，只剩下我手中的燭光照明。

「果然，是陣法！」阿楷忽地露出微笑，敲了敲桌子，「這上頭的紅點恐怕是血吧。」

我湊近一瞧，可不是嘛！程傑的書桌上用夜光筆畫了一個奇怪的圓形陣法，像漫畫裡的魔法陣一樣，桌上有幾根顏色跟我髮色很像的頭髮、一大堆大小不一的點狀物，由於書桌是深褐色的，所以就算是血也看不太出來。

「好多血啊，會是誰的？」該不會是程傑的吧？

「找到了！有東西！」一直不死心的瘦皮猴在床下亂摸，突然興奮的大喊。

我緊張的回首看向程傑，他的笑容不見了，雙眼冷冷的瞪著瘦皮猴趴在地上的背影，然後眼睛越睜越大……越睜越大！

「瘦皮猴！住手！」我脫口而出，「不該在人家房裡亂翻！」

「有東西爬來爬去……抓到了！」瘦皮猴樂不可支的，那模樣像是抓到了程傑的什麼把柄，從床底下抽出個東西，「就是這——哇呀！」

我們全體驚叫，因為瘦皮猴手上抓了一隻應該是兔子的腐屍，那隻兔子全身爬滿了蛆，爛成一團，瘦皮猴揪著牠可憐的耳朵，拎到我們面前！

「有夠變態！」瘦皮猴嚇得把兔子往窗邊甩去，「噁心死了！學姊！妳被這種人喜歡真是衰斃了！幸好他掛了，要不然這種人不知道會對妳做出什麼事！」

「瘦皮猴！閉嘴！」我驚慌大喊，我不覺得他在亡靈面前說這種話會是好事！

「所以……你們會阻止我跟小美在一起……」程傑突然變成扭曲的空氣波，「你們就是妨礙者！」

「嗚哇！什麼聲音！」瘦皮猴竟聽見了，他嚇得回首，往窗邊看去，也確實的看見程傑了！「哇呀——鬼！鬼！」

「我早就知道了，你們誰都不准拆散我們！」程傑歪著頭，陰慘慘的笑著，「誰都不許碰我跟小美……嘻嘻嘻……」

程傑說著奇怪的話，因為現場混亂，我無法靜下心去理解。

「這裡，還有別的詛咒。」阿楷突然瞇起眼，語出驚人，「很強的意念環繞在這裡啊！」

「什麼？」什麼叫做別的詛咒？一個已經夠要命了，還兩個！

「鬼在哪裡？猴子！鬼在哪裡？」于馨跟著亂叫，往門邊逃。

我被于馨的聲音喚回神，看著眼前熟悉的景況，無知的話語、瞧不見的慌亂……我以前是否就像他們一樣，如此不知輕重？

程傑一瞬間消失了，于馨歇斯底里，拚命搥打著打不開的門，而我知道……我知道有事要發生了！

「他不會傷害妳。」我身後的阿楷俯身，悄悄開口。

咦？我尚未來得及回應，他一手摟一個，把我跟慧文全攬到身邊！

我手上完全不會熄滅的燭火照映著，地上突然有東西在移動，傳來一陣沙沙的聲響，很像電風扇吹到塑膠袋的聲音，輕輕的沙……沙……沙……

牆上開始映出奇異的影子，我們往地上瞧去，發現兔子身上不知從哪兒生出數以萬計的蛆蟲，牠們越來越多、越疊越高，多到像山丘似的，然後瞬間往門口的方向崩落，滾到瘦皮猴和于馨身上！

「不！住手！」我大叫，衝著無人的空氣，「程傑！住手！」

「選一個。」阿楷突然扣緊我的肩，「妳可以暫時救一個人。」

「咦？」我急得哭了，「為什麼不能兩個都救！」

可是阿楷沒有再回答我。

我還在猶豫、哭泣，那蛆蟲在地上、在床上、在牆上，透過燭火擴大成像巨蟲一般的影子，不停的往瘦皮猴跟于馨身上爬。

但是那些蠕動著的蛆蟲，卻完全沒沾上我們三個人的身體！

慧文緊抱著阿楷發抖，她根本不敢看，而門邊的兩個人則死命尖叫，拚命甩掉從四面八方湧來的蛆蟲！

「于馨！我選于馨！」我緊握住阿楷的手，做出我的選擇！

「聽見了吧！」阿楷忽地朝空中喊道，然後拿起程傑桌上快枯死的盆栽，往于馨身上扔去。

就在那一瞬間，我親眼見到于馨身上的蟲子被彈開，一股紅色的影子包圍住哭嚎中的她，像霧氣一般緊緊的將她鎖在角落。

紅色的……徐怡甄學姊？受刑中的，我的第十個守護靈？

「哇啊！哇啊——」蛆蟲飛快的鑽進瘦皮猴的褲管裡，他歇斯底里的叫著、跳著，不停的想把身上的蟲趕走。

可是數量太多了！牠們從牆上掉落、從領口落進他的T恤裡、從褲管往上鑽，不一會兒，我幾乎就見不到瘦皮猴的模樣，我只看到一個被蛆蟲覆蓋住的人體，在我面前瘋狂的扭動。

然後是不絕於耳的淒厲慘叫，伴隨著一道道劃出的血痕，瘦皮猴猛抓自己全身上下，把皮抓破、把肉撕開，血從滲出到流出，最後不知道為什麼，竟像噴泉般，血從身上的孔洞不停湧出！

他身後的于馨驚恐的瞪大雙眼，尖叫到發不出聲音，紅色的影子依舊包圍住她，但是她卻失去理智的嘶吼著。

我只能眼睜睜的看著瘦皮猴的慘叫聲漸息，扭動停止，跌落在地上，或許壓死了一堆蛆蟲，但是更快的又湧上另外一批。

「不許阻撓我跟小美！」程傑的身影再度顯現，他坐在床上，低頭看著在地上的瘦皮猴。

而他的手上，竟拿著那尊永世新娘！

同一時間，阿楷的手一緊，在我腰際上使了點力。

我腦海中不由得閃過學長的臉，身為我男友的學長，程傑是怎麼對待他的？

鮮血流遍程傑房裡的地板，卻明顯的掠過我們，也沒有漫及于馨，血往床邊、窗戶邊流去，而程傑也起身了，悠哉的站在窗邊。

我顫巍巍的看向瘦皮猴，只瞧見帶著殘肉的骨頭，蛆蟲們很愉快的啃食著活生生的動物；我以前曾聽過，螞蟻雄兵可以在十五秒內啃完一頭大象，使之見骨，如今我親眼證實。

蛆蟲也能做到一樣的事，更別提對方只是一個人……

「不——不——」于馨崩潰了，她哭著將頭拚命往門板上撞。

外頭不會有人聽到這裡的一切，因為這裡是程傑的地盤，他會封住這裡，讓房裡跟外界不存在於同一空間。

「瘦皮猴破了第一道詛咒。」阿楷突然幽幽的說，「寫有妳跟程傑名字的紙條，必須沾染祭品的血然後燒掉，接著祭品得擺在另外一個魔法陣裡……那個魔法陣應該在床下，兔子被瘦皮猴抓出來，詛咒就失效了。」

「所以我沒事了？這就是你剛剛說的另一個詛咒？」我抬首看他，可是我從來沒有想要用人命去換取破解咒術！

阿楷才想開口回答，樓下傳來尖銳的吆喝聲。「哎喲！新娘子，要不要看看新郎在哪裡啊？」

是小海！這時候來湊什麼熱鬧啊？都已經死了一個人了！我想要到窗邊去，阿楷卻拉住我。

程傑這時回頭看了我一眼，然後把他被車撞斷的手擱在玻璃窗上。

「不許任何人，汙辱我的小美。」他喃喃地，這麼說著。

我還來不及反應，程傑手邊那扇塗黑的玻璃，突然顫了兩下，旋即脫離了窗框，刷然而下！

「啊呀——」我聽見小海的尖叫聲，短短兩秒，就聽見玻璃落地的碎裂聲。

接著是一個東西落地的聲音……砰咚砰咚，一聲、兩聲。

我腦袋一片空白，阿楷卻拉著我們往外走，「程先生，我得離開了！麻煩您開個門好嗎？」

小海怎麼了？小海怎麼了？我倉皇失措地看向程傑，腦子完全跟不上現實！「開門！開門！」我氣急敗壞的大喊。

門真的開了，程傑似乎不會違背我的心願。我衝出去時沒忘記拉著崩潰的于馨一起出去，因為我已經聽見外頭此起彼落的驚叫聲、腳步紛沓聲，小海出事了，一定出事了！

我們衝到樓下時，已經圍了一大票人，但是大家還是站得很開、很遠，讓我能清楚看到草地上有些什麼。

茵綠色的草地上，停著一顆球狀物。

一顆驚慌失措的頭顱，嘴巴極盡所能的撐大，面對著無盡穹蒼；而她朝上的身軀仰躺般的卡在自己的窗戶邊，切口平滑整齊，鮮血不停噴灑著。

程傑的玻璃如同斷頭台的刀子，斬斷了小海的頭。

「好噁心喔！怎麼回事？她的頭被切掉了！」圍觀的學生們開始討論。

「學校今天紅了啦！發生那麼多起命案！」有男生用恐懼的音調說話，「早上才死一個機械的，晚上又死一個航太的！」

「學校是怎麼了？」

眾人一片譁然，我卻一陣茫然。

「第二個詛咒，也破解了！」阿楷突然指向草地的方向，「永世娃娃。」

我順著他手指的方向看去，地上有另一半的娃娃，那是個男娃娃，上下半身分屬兩地，也被玻璃切得乾淨俐落。

難道小海剛剛開窗向上大喊大叫，叫我看的就是這個東西？

「她怎麼會有程傑的永世娃娃？」連慧文也嚇壞了。

「這我就不知道她怎麼拿到手的，也有可能是偷的。」阿楷聳了聳肩，「反正第二個詛咒也破了！」

「不！不該是這樣！」我氣得再度揪緊他的領口，「我不要犧牲任何人來破除詛咒！一定有別的方法可以破解這些詛咒的，不是嗎？」

「當然有！只要把永世娃娃新郎裡的紙拿出來、燒掉，再用別的爐口對付新娘娃娃就可以了！而兔子祭品的魔法陣，只要在祭品被蛆蟲吃盡前移開，就等於取消了！」阿楷滔滔不絕的說，「這兩條人命是程傑取走的，跟破解詛咒並沒有直接關係……我只能說，是巧合吧！」

巧合？世界上哪有這種巧合！

「你為什麼不阻止？你明明看得到，也知道可能會發生的事！」我就是氣阿楷這一點！他一直寡言，彷彿在看戲！

「妳不也看得到嗎？難道妳就沒想到可能發生的事？」阿楷真的很淡然，完全沒有一個十七歲孩子該有的恐懼或是害怕。

我呆然的面對他的問題，我發現他說中了！我不但看得到，我甚至也知道程傑為什麼生氣，而且我也能猜想會出大事，但是為什麼我……沒有阻止？

「不！我有做，我有開口阻止瘦皮猴不要這麼做！」

「是啊，但是他還是執意的批評人，而且言論中明顯的阻止妳跟程傑在一起，對吧？」阿楷在這個時候，竟然笑了起來。

啊啊……我的心彷彿被刺了一針，我想到瘦皮猴的言行舉止，好像就是我過去的翻版……那種不在乎、不理睬、對死者不敬，若不是我仗著有守護靈跟八字重，說不定早就死幾百次了！

「程傑是為了……要保護我？只為了不讓我被批評，所以殺了瘦皮猴？」

「並不是。」阿楷淡淡的瞥了小海屍首旁的斷頭娃娃，「那對永世娃娃身上，本來就擁有很強的詛咒。」

我的心跳幾乎要停止了。

「程傑應該對那對娃娃祈願過，娃娃上頭有相當強的意念。」阿楷輕嘆一口氣，「人的意念只要夠強，不需要任何道具就能讓詛咒成立。」

「娃娃上頭……有詛咒？」慧文帶著恐懼看著娃娃。

「我不知道那是什麼詛咒，不過小海跟瘦皮猴都是因為娃娃而死……」他意有所指的看了心神失控的于馨一眼，「連她也已經在被詛咒之列了。」

于馨也——我慌張的看向跪倒在地上的她，手腳迅速冰冷。

「那小美學姊根本就還沒脫離詛咒？」慧文驚呼出聲。

「沒錯。」阿楷再度語出驚人，「真正會傷害她的詛咒，並不是這兩個！」

我緩緩的……往身邊看去，程傑站在小海的頭顱旁邊，用冰冷的眼神與她瞠大浅的笑著，鮮血自揚起的嘴角滴落，「這是我們愛的象徵，對吧？小美！」

的雙目對望。「誰也……不能碰觸我跟小美的永世娃娃。」他的目光對上了我，淺

那幽幽的聲音隨風飄進我的耳朵：誰，也不能碰觸永世娃娃。

小海，趁機偷了新郎娃娃。

瘦皮猴，下午扔了新娘娃娃。

而于馨，一開始就接觸過它。

第五章．接受

我陷入了絕望，從晚上到現在，連續死了兩個人，兩個曾碰觸過永世娃娃的人都已經死於非命。

兩條人命失去了，我卻依然還在詛咒當中。

因為那份詛咒是針對碰觸「愛的證物」的人，據阿楷的解釋，程傑認為永世娃娃是神聖不可侵犯，除了新郎新娘本人以外，誰都不許摸。

人的信念只要夠強，僅僅對著娃娃下這樣狠毒的詛咒，也會瞬間成立。

意識到于馨可能死亡、我掙脫不了的詛咒，天旋地轉襲上了我，接著就是四肢發軟倒地。

我的身體漸漸無力，而且越來越冰冷。我不是因為阿楷說的話感到害怕，而是我的體力明顯變弱了！

我不知道為什麼，但這是非常不好的現象，慧文緊張到說不出話來，于馨一逕的哭泣，而阿楷不是行家，無法判別我哪裡出了問題，最後他很簡單的做出一個結論：我太累了。

真是有夠機車加無力的結論，我也知道我今天很累，但是我不認為常常熬夜唱歌的我，會因為這樣一點點的事情就感到精疲力盡！

這小鬼一定不知道給我亂猜一通啦！

結果他這位大男生竟然在我面前打呵欠，然後說他要回旅館睡覺，叫我們先回去睡，其他的明天再說！

「喂！等明天？你有沒有搞錯！」我緊抓著他的T恤不放，「明天說不定我就掛了！」

「妳？別開玩笑了，妳是難見的韌命種耶！」阿楷還瞪大了眼，笑得很機車，「妳要掛還沒那麼容易啦！」

「我怎麼聽了一點都不高興……趕快把事情解決好不好？」

「不要。」阿楷回答得乾脆極了，「我要回去睡覺了！」

這小鬼！我氣得咬牙，可是我現在是有求於人的狀態，這小子再小我也不能對他頤指氣使啊！

「妳們也回去睡覺啦，有充足的體力才能應付這些拉拉雜雜的事情！」阿楷漫步而去，不忘回首再交代，「記得聚在一起好照應啊！」

我看著阿楷離去的背影，心裡非常空虛，現在還是黑漆抹烏的夜晚，萬一再發生什麼事，我身邊沒有可靠的人，我該怎麼辦？

「小美學姊，我們先休息吧！」慧文溫柔的拍了拍我，「我覺得阿楷說得有理，妳臉色越來越蒼白了！」

「我覺得很無助！」連站都站不大穩，「萬一又發生什麼事怎麼辦？」

「我跟于馨都在啊！」慧文拉過呆然的于馨，更沒說服力。

于馨持續的抽泣，她無法忘記被蟲爬滿全身的感覺，也無法忘記被啃食乾淨的瘦皮猴。

我耳邊陰風掠過，我看向身邊的程傑，他稍早之前就沒再碰過我的身體了，這讓我沒來由的湧現一股自信，我相信他不會傷害我，絕對不會。

「算了，不如我來保護妳們比較實在。」我聳了聳肩，至少我有程傑，還有徐怡甄學姊。

至於徐怡甄學姊為什麼還能在我身邊，我沒有心力去思考，只要她在，我其實就安心很多。

只是于馨，我該如何保護她？如果下在娃娃身上的詛咒是真的……

我們最後決定到于馨家去，她住的套房可以塞得下我們幾個。

「我不希望你跟來。」我試著跟程傑溝通。

他笑著，一路緊緊跟隨，但是很奇怪，真的沒再纏在我身上；仔細回想的話，好像從我被阿楷拉進大樹下之後就這樣，難道那棵樹庇蔭我到現在嗎？

慧文也回首瞥了我……或是程傑好幾眼，她從剛剛就一直若有所思。

于馨發著抖帶我們回去，有時候慧文不小心碰到她，她就歇斯底里的瘋狂扭動身子，精神十分緊繃，讓我擔心她隨時會崩潰。

而慧文開始碎碎唸，我聽不懂她說什麼，可是她沒怎麼理我，只是一直持續唸唸有詞。過了一會兒，程傑的面容開始變化，猙獰的朝著慧文嘶吼。

「好吧，最後一個。」到了于馨家門口，慧文突然很認真的轉過來面對我，「反正都試一試。」

「妳在幹嘛？」我不明所以，但慧文的神情非常嚴肅。

慧文沒有搭理我，只是突然雙手扣緊，做九字勢，嘴上開始唸出一些我聽不懂的語言，我可能有聽過，很像是廟裡唸經的經文，我或許也曾經聽學長或是阿蓮他們唸過。

經文雖然是中文，可是組合起來卻永遠像異國語言。

「咿——呀——」我赫然聽見程傑的嘶叫聲，鬼叫聲實在有夠難聽！刺耳得像有人用指甲刮黑板一樣！「咿——」

他扭曲著面孔怒吼著，雙手一會兒摀住耳朵，一會兒往自己已經夠慘的臉上抓，一會兒試圖拔下那顆晃來晃去的眼珠！

「住口——住口——」他擠出中文，比慧文唸的容易懂！

下一秒，程傑瞬間消失在我面前，連點殘影都沒剩下。我微閉上眼，試圖去感受他的存在，卻發現他真的徹底消失，連一點點讓我寒毛直立的機會都沒有。

「有效耶！」只見慧文喜出望外的衝向我，硬把頸子上的其中一個護身符拿起來戴在我身上，「果然還是要試！」

「妳剛剛唸了什麼？」我狐疑的看著她，還有她幫我掛上的符。

「一種驅魔的經文，妳別忘了，我可是阿蓮大師的瘋狂崇拜者，她教了我一些簡單的驅鬼經文跟術法！」慧文雙眼裡閃爍著光芒，「我剛剛心一橫，想說全部唸一遍，沒想到這個有用！而這個護身符，就是對應剛剛那種經文的！」

我低下頭，其實我身上有不少護身符，但對程傑都沒有作用，沒想到慧文竟然如此可靠，緊急時刻可以幫我驅走程傑！

「他死了嗎？」于馨戰戰兢兢的開口問了。

「呃，技術上來說他早就死了。」慧文尷尬的轉了轉眼珠子，「不過呢，我應該只能暫時驅走他，沒辦法讓他消失或什麼的……」

于馨聽了又是一陣哭泣，不過暫時消失總比黏在我身邊好，我們趕緊進入她的套房，喝點水，洗把臉，就在一片靜默中就寢了。

因為我開始發冷，所以于馨把她的床讓給我睡。我真的覺得全身無力，窩在床上，面靠著牆，床頭是于馨用紙箱做成的櫃子，往右就是窗戶，再過去就是衣櫥。

慧文跟于馨一起打地鋪，我翻身往床下看，握住慧文的手。

她什麼話也沒說，只是緊緊的握住我的手，然後勉強擠出一絲笑容；于馨背對著我們，縮著身子微微顫抖，我猜想她或許仍在害怕，也或許在哭泣。

目光回到慧文身上，我朝著她比了一個大拇指，叫她放心。天曉得我拿什麼向人家保證？我現在是個再普通不過的人……說普通倒也不是，至少被詛咒加有怨靈纏身？

再翻身面牆，我凝視枕邊的手機，試打了好幾次，學長的電話始終沒通。

學長……我需要你！我真的非常需要你！小美知道這次又錯了，明明大家都警告我不要亂收別人東西，但是我還是糊裡糊塗收下了！

可是那個永世娃娃我不是故意的，我只是好奇的拿起來看！而程傑臨死前那朵玫瑰我是不得不收，那個粗漢凶得要死，一臉我不收就是冷血動物……而且我也不算收啊，我只是把手伸出去，誰知道他就斷氣了。

我被詛咒了！所以我的守護靈才會無法保護我，八字也不再是盾牌，雖然程傑看起來不會傷害我，但是我知道我的生命正一點一點流逝！

我保證下次不敢了，學長！請你快點出現！

我緊咬著手，不讓哭聲驚醒房裡的女孩們，淚水不停的淌下，我也只能強忍住哭聲，顫著雙肩，把難受與害怕全哭出來。

我猜我真的太累了，哭著哭著便睡著了！等我下一刻睜開雙眼時，發現已經半夜四點。

慧文跟于馨好像也睡沉了，我翻個身，看著她們睡著的身影，眼睛有點迷濛，我自己都不知道是什麼時候睡著的。

天氣很熱，樓上冷氣的滴水聲滴滴答答，滴在屋簷上頭，在深夜聽起來特別明顯。其實仔細聽的話，會發現狀聲詞「滴答滴答」根本是錯誤的，因為水滴是落在屋簷上，那比較像「啪啪啪」的聲音。

我一直覺得跟拍球聲很像，只是再輕一點，但節奏超像。

啪、啪、啪、啪……閉上雙眼，我想像學長在籃球場上運球的英姿。

然後再微睜雙眸，我還真的看到球了！

路燈的餘光從外頭照了進來，斜映在牆上，我撐起上半身，發現牆上有著黑色的模糊影子，正在窗外彈跳！

啪、啪、啪……那球落地的節奏與聲音相符。

三更半夜怎麼會有人在外面拍球啊？

「嗯？」慧文好像也被拍球聲吵醒了，睜開惺忪雙眼。「什麼聲音？」

「有人在外面——」我突然想到，于馨住的房間是……六樓！

誰會在六樓拍球啊！那他豈不是騰空在七樓？這種還會是人嗎？

慧文登時瞪大了雙眼，瞬間清醒，迅速的跳到床上偎在我身邊，我們的視線從牆上移到了窗邊，那亮得透白的窗戶外，的的確確正有一顆球在彈跳。

啪、啪、啪！那顆球每次一跳到窗子中間就落了下去，但是才一秒光景立刻再度跳上來。

「什麼東西！」我沒注意到于馨也醒了，她大叫起來。

「妳這裡……是六樓，對吧？」我不安的再確定一次。

「是、是啊！那是什麼聲音？」球的速度越來越快，聲音也越來越急。

「有顆球在外面……」慧文伸直了手，指向窗外那顆越跳越急速的球。

「球？」于馨開了燈，房間燈一亮，就看不見外頭的影子了！「我沒看見啊……我只聽到水滴聲有夠吵！」

「相信我，于馨！真的有顆球在六樓的窗邊彈跳。」

于馨看著我們驚恐的眼神，瞬間想起今晚的一切，她的眉頭皺得好緊好緊，下一秒開始歇斯底里！

「夠了！我受夠了！他到底想怎樣？」于馨氣急敗壞抄起自動傘，「人家不喜歡他就死纏爛打，還殺了瘦皮猴，他死了比活著更可惡！」

「于馨！不要這樣！」我這輩子沒想過我會說這樣的話——「不要對死者不

敬！」

「我幹嘛尊敬他！小美！他殺了瘦皮猴跟小海耶！」于馨竟大膽的走向窗邊，意圖打開窗戶，「我就不信他能對我怎樣！」

「不可以——」我飛快的衝下床，于馨可能已經被詛咒了啊！碰觸到永世娃娃，象徵她會妨礙程傑與我的戀情！

我真的想保護于馨，但是我的身體跟不上我的腦子，我腳一軟，從床上摔了下去！

「學姊！」慧文的聲音在後頭，及時拉住我的手臂，「妳今天怎麼了？」

我怎麼了？我也想問啊！問題是誰能給我解答？程傑嗎？為什麼奪走我的體力！

就在同一時間，我們聽見了窗戶被拉開的聲音，我們愕然的抬首看去，只見到于馨的背影，跟外頭黑壓壓的世界。

「……搞什麼？是水吧？」于馨回頭對我們說。

就在此時，那顆球倏地又出現了。

我終於看清楚那不是顆球，那是顆頭！是顆血淋淋的人頭！

程傑把他的頭給摘下來，在屋簷上跳來跳去！

而我更發現——于馨看不見！

「關窗！快點關起來！」慧文大喊出聲，「那是程傑！外頭那是程傑！」

「什麼？在哪裡？」于馨果然看不見，她倉皇的往窗外探，「我根本沒看到，在哪裡啦！」

「妳看不到不代表他不存在！」于馨跟我實在太像了，「快點把窗戶關起來就是了！」

說時遲那時快，程傑像聽懂我們的話似的，啪的飛了進來，他的頭像顆球一樣，在櫃子上、床上、地上彈啊彈的！

慧文發出驚叫，躲到我身後，我則兩眼發直的看著在地上跳躍不停的他。

「怎樣？他進來了？」于馨從我們的眼神感覺到了，然後她高舉雨傘，「他在哪裡？我非捅他個稀巴爛！」

「這不是好主意！」我發現我快受不了了，即使于馨看不見，她好歹也為大家著想一下吧？

可是于馨根本不聽勸，她發起狂來拿雨傘在空氣中亂戳，想也知道根本不可能戳到程傑！

「你休想對付任何人！你這種自閉兒只配自己下地獄！」于馨邊哭邊吼著，「去跟瘦皮猴賠不是，跟小海賠不是，少在那邊招惹小美！」

我在于馨身上徹底看見我的影子，她活像我的翻版！但是……她沒有守護靈，八字也沒比我重！她一再的觸怒惡靈，簡直是自尋死路！

「夠了！于馨！我們走就是了！」我出聲阻止，可惜為時已晚。

因為我看見程傑滿是鮮血的嘴笑了，然後他跳了起來，咧開血盆大口，二話不說就咬住于馨的咽喉！

「啊呀——」她頭一昂，像是呼吸停止似的。

「住手！程傑住手！」我嚇得上前，試圖把那顆頭扳離于馨的頸子，「鬆口——鬆口！」

結果咬著于馨頸子的程傑只是淡淡的看了我一眼，然後再度張嘴，使盡力氣咬下去！

血，就這麼噴濺出來！灑了我整張臉，噴得我全身都是于馨喉管裡的鮮血，她甚至連慘叫都沒有，咽喉就直接被程傑咬了斷！

她瞪大眼睛看著我，我讀得出那是什麼意思，她依舊看不見程傑，所以她不瞭解為什麼頸子會緊窒，也不會瞭解什麼東西咬斷了她的生命。

為什麼？她的眼神是這樣問我。

我抓住程傑的頭髮，卻連頭皮一起掀了起來，他頭皮下的頭骨早已撞裂一個口子，裡頭的腦子跟著流下來，沾得我雙手都是！

我再也管不了這麼多，直接將他的頭皮往地上甩，再扳住他的嘴，逼他鬆口！

好不容易把程傑的頭往後拉，他的牙卻緊緊不放，我看見他的雙齒間咬著于馨的好幾根血管，血管有韌性的在掙扎，而程傑卻死命的想咬斷它們。

這不知道算不算是我跟鬼的第一次親密接觸？但是如果有機會的話，我不要有下次！

于馨其實已經只剩一口氣了，她的頸子往後折去，露出一個大窟窿，裡頭的氣管、血管全被咬斷，血持續噴灑，濺得整間房都是，一直到她斷氣為止，程傑都沒有如我所願的鬆口。

我沒有力氣扶住于馨，只能讓她往地上倒去，而程傑卻不死心的跳上她的屍首，一口咬住她的雙唇，用力往上提拉，直到撕裂的聲音傳進我耳裡，我雙眼掩面，根本不敢再看下去！

娃娃上頭的詛咒是真實的！碰觸過娃娃的人一個也逃不過！

為什麼要下這種詛咒？難道程傑不知道，這種執念而成的詛咒，也會使他墮入無間地獄嗎！

「學姊……」怯懦的聲音傳了過來。「他剛剛瞪了我一眼。」

咦？我看向慧文，再看向正在努力用牙齒咬出于馨眼球的程傑，他該不會……要把我身邊所有人都殺掉吧？我此時突然慶幸慧文從未碰觸過永世娃娃，但為了以防萬一，我立刻吃力的拉過慧文，沒命的往外衝！

在拉開門的時候，我注意到門邊的工具箱裡有把大型美工刀，我沒有猶豫的就拿過它，往口袋裡放。

或許程傑不會再濫殺無辜，因為碰觸過娃娃的人都已經死在他手上了！但他已經不是普通的死靈，而是對我帶著偏執的惡靈。

他如果認為除掉我周遭的人，就能跟我在一起的話，我就得使出終極手段。

這次不是在禁地裡流血，而是直接用我的命，來換其他人的命！

我們從樓梯沒命的往下跑，怕程傑很快就追上來，我把慧文推到前頭，擔心讓她殿後會出事。

結果才跑到二樓，就跟不知什麼東西相撞，摔了個狗吃屎。

一隻大手從我上臂處抓住，直接把我撈了起來，而且在我還沒來得及看清楚是誰之際，我已經被緊緊的摟住。

不管是手臂還是胸膛，我都不可能會忘記！

「學長！」我抬首，簡直不敢相信眼前所見。

學長頭上有圈紗布，神色疲憊，就連手上不少地方也包紮著，看起來是大傷沒有，小傷遍布。

「這是怎麼回事？」我打量他全身上下，「你真的出車禍了？」

「嗯，翻了兩圈，車子差不多是掛了，不過人沒事！」學長聳了聳肩，「好不容易跟小珮聯絡上，回到台南，再打聽妳人在哪裡。」

「是程傑幹的嗎？真的是他做的？」我眼淚被逼了出來。

「八九不離十！我在萬應宮問了遊魂，他們說妳在這裡，也大概說一下有什麼跟著妳，不過妳還是要給我講清楚，收了什麼玩意兒！」學長忽地頓住，往上一抬首，「樓上有東西在？」

「嗯！程傑在樓上……他剛殺了于馨。」

學長沒有訝異，反而是拉住我往樓下走；我緊緊的扣住他的手，我知道我以前幹過很多蠢事，但是我第一次因為他平安無事出現而感到興奮莫名。

「小美，妳目前還好吧？妳臉色很白。」學長拉著在台南度假的小珮姊一起出來，她有雙厲害的陰陽眼，也是學長哥哥的女朋友。

「我很累……越來越累。」這是實話，我連走樓梯都覺得喘。

「學長，小美學姊被程傑下了咒，他房間裡全都是詛咒的書，還殺了兔子做祭品……」慧文趕緊幫我跟學長說明始末，包括瘦皮猴與小海的死，還有永世娃娃的詛咒。

我們四個人走在寂靜的街上，學長聽完後就沒再說話，我知道他又在思考這一切奇怪的事情及探索原由，這次我不會吵他，我會乖乖聽話，找到破解詛咒的路。

可是我一直不安的回頭看，我怕程傑突然出現，他看到學長沒死說不定會抓狂，而且會不擇手段的殺害他……殺害我所愛的人，這樣他以為他就能成為我所愛。

你太傻了！程傑！殺死我的朋友與愛人，不代表我就會愛上你！

途中經過了阿楷愛待的那棵樹，我伸手指著那兒。

「那棵樹……進去裡面會有心曠神怡的感覺喔！」事實上，我是因為知道那棵樹可以阻礙程傑進入。

學長看了我一眼，「妳口袋的樹枝就是這棵樹的嗎？」

嗯？我愣了一下，我的口袋裡哪有什麼樹枝？我巧妙的避開放著美工刀的口袋，從小外套找到褲子，最後竟然在我多口袋的七分褲捲口裡，找到一小根樹枝。

我詫異非常，並不認為這是巧合！因為那小根樹枝上，有著被折斷的痕跡！這就是為什麼程傑沒有再黏在我身上的原因嗎？

「啊！是那個小鬼！」我睜大雙眼，「一定是他放的！」

「小鬼？」學長狐疑的看著我，把大家都帶進沉靜涼爽的大樹下頭。「啊……這棵樹果然不一樣，氣場很舒服！」

「有個帥哥就是這樣說……」學長瞪了我一眼，「你不要誤會啦，那個小鬼才十七歲，我怎麼會看上那種高中生！反正他把我拉到樹下，程傑的鬼魂進不來！」

「所以他偷偷放了樹枝在妳身上嗎？」小珮姊提問，但是她很享受這棵樹給予的氣息。

「程傑本來是黏在我身上的，就是緊緊相黏……但是後來他就只能站在我身邊了。」

「……」學長終於凝重的正視我，「妳……看得見？」

「嗯，只看得見他，而且越來越清楚。」我膽怯的點了點頭，慧文上前拍拍我的肩。

一陣涼風吹過，學長跟小珮姊紛紛閉上雙眼，滿足似的不知在汲取什麼，我只能感覺到身體輕鬆了些，沒有那麼痛苦了！

「學長，為什麼這根樹枝可以讓程傑不靠近學姊，但是學姊的八字跟守護靈卻沒有用？」慧文提出她的疑問，也是我的疑問。

是啊，這根五公分不到的小樹枝都能對程傑起作用，我有十個守護靈，卻毫無用武之地？

「因為他有妳的生辰八字，姑且不論他看的是什麼書，但我想他做過功課。」學長冷靜的看向我，「我想應該是先封印妳的守護靈，然後再開始下咒術。」

「可是我的八字呢？他是個鬼魂，我那超重陽氣還有六兩八的八字呢？」這些不是一種天賦，能讓鬼魂逃之夭夭嗎？

「早叫妳不要亂收東西，妳還問？」學長趁空又用指關節敲了我的頭，「他死的時候妳收了什麼？」

「我那不叫收，我只是被嚇得把手伸出去，然後他就……斷氣了！」我越說越小聲，囁囁嚅嚅的，「那朵爛爛的玫瑰，剛好落在我手上嘛！」

「是啊，妳接受了他的全部，八字對他來說不再是問題，因為妳已經開了門！」

「我只是接受他的花而已，怎麼能說——」

「妳接受的，是他的愛。」

第六章・鬼差提拿

我從來就不想接受程傑的愛！從永世娃娃開始就沒想過！是他使賤招擱在我桌上才害我拿起來，我一開始都沒想過要收他的任何東西，甭說是愛。

「我只愛你一個！」我這個告白有點氣急敗壞。

「我知道。」不知道為什麼，學長的臉有點微紅。

「你不知道有個男人像流氓一樣，一臉我不收就會怎樣的樣子，凶巴巴的！我才把手伸出去的……」

「好好！我知道！妳不是故意的，妳都有乖乖聽話，把我跟阿蓮的話放在心裡！」學長溫柔的對著我笑，然後……

我愧疚的低下頭，很誠實的搖了搖。「沒有，我忘記了。」

「咳！所以說呢？」學長再一次逼近我。

「所以說？可是我並沒有收他的東西喔！我承認我又粗心了，可是這一次我真的真——」我才舉起手要發誓，強烈的暈眩感卻再度襲上，眼前一片黑，整個人即刻癱軟下去！

「小美！」學長的聲音漸遠，我幾乎快聽不見了！

「小美！」然後是小珮姊的聲音，「天哪……昕宇！你看到了沒？是鬼差！鬼差！」

我覺得輕飄飄！啊啊，這是很糟的情況，我上次跟厲鬼大戰時，也有一次這樣的經驗，在我的頭撞到桌角，血流滿地的時候，我就跟著一堆靈魂飛上了天！

所以這次……我又怎麼了？

「陳小美！」一個女生尖叫著，然後我的臉刺痛得要命！

我的眼皮百分之百保證是跳開的，整個人差點沒跟著跳起來，我的人中痛得要命，全身還痛到起雞皮疙瘩！

「學姊！妳沒事吧！」慧文湊近我的臉，手上拿著剛剛那半截小樹枝。

「厚！妳戳我！」我摀著人中，好不無辜。

「沒辦法，我得把妳叫回來嘛！」慧文聳了聳肩，模樣比我還無辜。

而我的男朋友跟小珮姊，竟然只是直挺挺的站著，往街上看去！坐在地上的我不由得回首，我不期待看到程傑，但是卻什麼也沒看見。

「陳小美！鬼差來了！」下一秒，學長倏地蹲了下來，箝緊我的雙臂，「妳有什麼沒跟我說的，他媽的給我說清楚！」

「我、我、我該講的都講了啊！」幹嘛突然那麼凶！

「那為什麼鬼差會來！」他吼得超大聲。

「昕宇，你冷靜點！鬼差來又不一定是抓小美！」小珮姊柔聲的拍了拍學長的肩，「他們拿著牌子在找人，表示還沒找到。」

「小珮，我們都是明白人，鬼差只會在當事者附近徘徊索命！現在這裡四個人，只有陳小美是最有可能出事的傢伙！」學長冷冷地看著我，「妳到底被下了什麼咒！」

「如果真的是找小美的話，他們會直接把小美帶走的！」小珮姊蹙起眉，「而且我在小美身上也沒看見生死線！」

「生死線？那是什麼東西？」我從剛剛到現在，聽得懂的東西實在有限。

「瀕死之人，身上會有一條紅色的線跑出來，每個人出現的位置不一定，但通常在頸子邊。」學長往右頸比了一下，「當妳一斷氣，鬼差就會抓住妳的生死線，核對身分，接著繫上牌子就得往酆都報到。」

我轉了轉眼珠子，哇靠，這樣說來，學長他看到鬼差，表示有人今晚會死！

不對啊，瘦皮猴跟小海都死了，那鬼差是來帶于馨走的嗎？

「等等！」小珮姊臉色突然發青，凝重的叫我們噤聲，然後步出樹下，站到街道上。

學長蹲下身來抱住我，也摀住我的嘴，而慧文根本不必交代，自動呈躲藏隊形，乖乖的蹲在我身邊。

「什麼？你們有沒有搞錯？」我聽見小珮姊說話的聲音。「天哪……為什麼？我記得之前不是這樣的？」

「我、我不知道！我真的不清楚，你們何必問我？」

好怪，小珮姊在跟誰說話啊？

「找不到？你們是職業的耶，怎麼會找不到？」

「我不清楚，你們的工作自己負責！」

後來又窸窸窣窣一大堆，小珮姊才重新走回來，她的神情十分怪異，帶了點擔憂，又帶了點悲傷。

「怎麼回事？鬼差找妳嗎？」學長果然語出驚人！我知道學長他哥已經把酆都當家樂福逛了，沒想到小珮姊也差不多啊，跟鬼差還可以聊天？

「嗯，他們在找人索命，但是找不到。」小珮姊嘆了一大口氣，「說什麼明明感應到她的靈魂，卻找不到生死線。」

學長此時此刻瞥了我一眼，輕輕的幫我把散落的頭髮撩到耳後。

「他們要找的是小美，對吧？」

咦？學長，飯可以亂吃，話不能亂說喔！鬼差無緣無故幹嘛找我？

「嗯，他們的確找小美。」

「太離譜了！怎麼會這樣？」我嚇著了，我是真的嚇到了！我現在還不夠慘嗎？結果連鬼差都要抓我走？「學長，這跟我越來越累有關嗎？」

「越來越累？」學長又皺眉了。

「就是我動不動就頭暈，發軟、沒有力氣！還有你看！」我握住他的雙手，「我的手越來越冰了，連腳都是！」

學長瞪大了眼睛，驚慌的檢查我全身上下，然後一連串三字經從他口中逸出，我感覺他好像在哭泣，又感覺他在憤怒……不，我搞不懂學長為什麼要用這種類似絕望的態度對我！

「不要嚇我……」我把頭埋進雙膝之間。

「程傑到底對小美下了什麼咒？」小珮姊起身走到學長身邊，「要不然小美不會無緣無故流失生命，連鬼差都找上門來！」

「啊……我想到了！」慧文連忙拉出繫在我頸子間的護身符，「晚上我對程傑唸這個經文，他有被我嚇跑耶！後來只出現一顆頭！」

「什麼經文？」學長趕忙探視那個護身符，「妳唸這個對應的經文？」

「嗯，不好意思，我、我只會背內容，不知道是幹什麼用的。」慧文吐了吐舌，這時我很感謝她是個迷信狂。

「怎麼？小美都接受他的一切了，還有經文可以驅走他？」小珮姊也拿過護身符，仔細端詳。

「這是對被下咒的人所施的反動咒。」學長的眼神越來越冷，然後有某種情緒正在翻騰，「可以暫時阻止咒術的作用。」

對被下咒者所施的反動？問題是慧文當初拿這個咒語去對付程傑，難道……

「這麼說來，被詛咒的不是只有我？」我總算恍然大悟！

「解鈴還須繫鈴人，召他過來！」學長突然變得果斷，還有盛怒！

我現在全然明瞭學長的怒意及小珮姊的凝重，在我或程傑身上應該發生了什麼事！被施咒的不只是我，連程傑也是被詛咒的對象之一。

這樣說來，說不定這是一串詛咒串，我跟程傑不過是其中的兩個人。

「不要對他太凶……」我突然攀住學長的手臂，「他、他不是故意的。」

學長看了我一眼，那眼神很矛盾，但最後卻不發一語的輕拍了我的頭，轉身向外看去。

遠遠地，程傑就這麼飄了過來，他像是俯衝似的衝向學長，卻依然像撞到一堵牆般被大樹擋在外頭。

變形的頭顱飄在半空中，仍舊可以看見他詫異吃驚的神色。

「很意外我沒死嗎？」學長冷冷的看著他，還有他身後正吃力走來的身體，「小美的守護靈及時護住了我。」

啊……是嗎？媽媽他們救了學長！真是太好了！

「你對小美下了什麼咒？外行人任意驅動咒術，有時候會招來意外。」學長繼續指著程傑的鼻子問。

「我愛小美……我要跟她在一起。」程傑笑得花枝葉亂顫，血跟腦漿跟著四濺。

「我只是要我們生生世世都在一起而已。」

「小美她是我的女人。」學長緊握雙拳，不客氣的對程傑昭告，「你費再多苦心，小美也不可能愛上你！」

程傑突的怒意張揚，咧開布滿利牙的嘴，咆哮似的尖聲示威，鬼的叫聲一向不好聽，逼得我不得不摀住耳朵。

「小美……是喜歡我的。」程傑再度陷入執迷不悟中，「都是因為有你們這些阻礙者，她才會沒辦法跟我在一起。」

「不！我不喜歡你！我從來就不喜歡你！」我失聲叫了出來，「程傑！我們只是同學！你殺再多人，也只是讓我更加恨你而已，我不可能會喜歡你！」

「小美？」程傑終於有一次很認真聽進我的話了，他殘存的眼裡帶著狐疑。

「廢話少說！程傑，你知道你的詛咒會害死小美嗎？」小珮姊上前一步，直接切入了重點。

程傑很明顯的瞪大了眼，導致僅存的眼珠子又差點往外滾落，若不是他及時趕到的身體飛快的接住眼珠子，只怕又不知滾到哪兒去。

「不可能！」他驚慌的看向我。

「他……可能不知道。學長，他不可能會傷害我。」我竟深深的相信這一點，「程傑，你有對我下死亡的詛咒嗎？」

「不！不會！我不會傷害小美！」程傑歇斯底里的喊著，急切的想要衝進來。

「你看，街道上都是鬼差，他們一整夜都在搜尋小美。」小珮指向街道，要程傑看清楚，「你願意的話去找他們，或許他們可以帶你回去酆……」

小珮姊的話突然停住，眼神停在程傑殘破的頭顱上方。

我知道為什麼，我現在腦子不但清楚，可以完全跟上學長或是小珮姊的腳步——程傑的頸間，並沒有生死線。

「他是死人，不會有生死線吧？」果然連慧文都注意到了。

「但是他會有招亡線！」學長打量著他全身上下，「他是死者，應該會有招亡線出現在天靈蓋，呼喚鬼差。」

我怔住，這是什麼意思？程傑已死，但是卻變成一個無主幽魂？無法進酆都報到，進行死後應有的程序。

這是因為他也被下咒的緣故嗎？

「程傑……你到底對我下了什麼咒？」我失控的朝著他大喊，「如果弄不好，我們兩個都會很慘的！」

「我……我並沒有想要傷害妳！我絕不可能——」程傑嘶吼著解釋，被東方微泛出的魚肚白打斷了。

天亮了。我看著蒼白的東方，那日出前的亮白色，宛若我蒼白的臉色。

「許願……傳說……」程傑扔下這句話，咻的消失在空中。

世界處於一種寧靜之中，我知道程傑白天無法現身，但他依然會守在我身邊，我的守護靈尚未回來，但是鬼差會暫時離開。

腦子嗡嗡作響，前所未有的暈眩一再的襲擊我。

「小美學姊！」慧文驚呼，攙住再度倒下的我。

「小美！」學長飛快的蹲身探視，眉頭蹙得死緊，「她的情況很不妙！」

「剛剛程傑說了，他說的許願傳說是什麼？」小珮姊焦急的問，「那是一種咒術嗎？」

「許願傳說？是指學校的傳說嗎？」慧文眨眨眼，再怎麼想也只能想到這個。

我無力的癱在她的臂彎之中，聽著她向學長滔滔不絕的解說學校裡所有傳說，其實我也想到了，有可能其中一個傳說真的是有什麼，或許是怨靈、或許是邪靈，他們經由許願者的願望進行一些詛咒也說不定。

真有趣，如果是以前的我，絕對不會想到這些魍魎鬼魅之事，我只會滿不在乎的睡覺，或是繼續過正常的生活。

一直到親身經歷了這些事，我失去了八字的力量與守護靈的保護後，我才能體會一般人遇到鬼魅時的心情，仔細去思考一切，也更能面對那些鬼魂們。

「走吧！我們一個一個去找。」我吃力的站起身來，雙腳甚至顫抖，「每一個傳說都去驗證，到底是什麼在搞鬼。」

「來，我抱妳！」學長擔憂的走近我，勾住我的身子。

「不要！我想自己走！」我拒絕了學長的幫助，不是在耍性子，而是我想知道，自己體力的極限在哪裡。

學長沒有吭聲，我知道他瞭解我的！所以他只是攙扶著我，一步步的往前走，走向最有名的石階傳說。

傳說後山有一道長長的階梯，只要在午夜十二點整時，閉著眼睛步步踏上階梯，那道階級總共有六十五階，如果你踩到第六十六階，許的願就會成真！

「在閉眼情況下，會感覺到多踏一階嗎？」學長沉吟著。

「嗯，聽說只要誠心，那邊的靈就會感動，然後就會自動多一階階梯出來，聽你許願，助你願望成真。」我站在階梯下頭，光看到這長階梯就頭暈，「我在想，會不會是這裡有什麼地縛靈？」

「有可能。」學長瞥了我一眼，大掌在我頭上搓了搓，「妳會思考了。」

我慘澹一笑，是啊，我的確會思考了，都到這步田地，我要再莽莽撞撞的，只怕會因白目而死吧？

小珮姊環顧四周後，拔下手腕間的米白色佛珠，再摘下階梯上的野草，綁在佛珠上頭，打了個結，讓小草尖端立著。

「紅衣守護靈，麻煩妳了！」她吆喝一聲，一陣莫名其妙的風跟著吹拂而過。

「徐怡甄學姊為什麼還會在我身邊？我的守護靈不是都被封住了嗎？」我看著學長，緊勾著他的手臂。「可是看到她，我好開心……她幫我守住了于馨。」

雖然于馨依舊死於非命，但我還是很感謝她。

「因為她不是天生的守護靈，她是怨靈，那詛咒只能封住正常的守護靈。」學長緊緊擁著我，像是想把生命力分給我一樣，「妳媽他們守著我，而徐怡甄學姊用全部的力量守著妳。」

我點了點頭，現在連說話都感覺很耗費力氣。

忽而又一陣風過，掠過我們，吹動了佛珠上的小草，尖端忽而轉為紅色，使得我不得不抖擻精神。

「這裡有東西！」學長下了結論，「慧文，妳陪小美在這裡，我跟小珮上去察看！」

慧文用力的點頭，當我的護花使者。

「我跟你們上去，總得以防萬一。」我不能一直依賴別人，我自己的事必須自己解決！而且據以前的經驗，如果真的是這個階梯在作怪，破解時我人必須在場！

雖然我懷疑我是否能夠走完這六十多階？

學長沒有阻止我，而是讓慧文一階一階攙著我走上去，我彷彿一個八十歲高齡的老人家，每走一階就抖個不停，完全軟弱無力，踏都踏不上去。

學長不安的回首察看，最後踅了回來，決定親自揹我上去。這次我沒有拒絕，因為我真的已經喘不過氣了！

一直走到最後一階，學長放我下來，小珮姊已經在那裡等待了。

「我要許願，該出來的給我出來！」小珮姊厲喝一聲，拿樹枝在上一階的平台上畫了個符，最後將樹枝往中心這麼一刺！

紅色身影忽地顯現，在半空中迅速繞圓，將我們團團圍住，我甚至無法看清徐怡甄學姊的面孔，只知被結界封住了。

而再度低首一瞧，瞧見小珮姊畫符的地方，出現了一隻巨大的……癩蛤蟆？

「哇呀！這什麼？」這比鬼還嚇人！

小珮姊皺起眉頭，打量起這隻癩蛤蟆，想也知道語言絕對不通，但是她在感受這東西究竟是敵是友。

「不是惡意的東西，小美的事應該跟牠無關。」小珮嘆了口氣，又朝空中畫了個陣式，「牠只是待在這裡很久了，偶爾對學生惡作劇而已！」

當陣式比劃完畢之際，紅衣的包圍再度消失，學姊解開結界，癩蛤蟆自然也消失無蹤。

我沒有想過這裡會有精怪之類的，其實阿蓮或是學長都告訴過我很多次，這世界除了陰陽界外，還有精怪及許許多多無法解釋的東西。

我站上最後一階，享受著清涼的徐風，後山的空氣原本就新鮮，六十幾階的高度上，更有一種舒坦的感覺。

從這裡可以俯瞰整座校園，學校變得有點小小的，建築物全是縮影，那棟是航太學院、那一棟是機械學院，那一棟是——

咦？我愕然的看向空中，不會看錯了吧？

「學長！你看那個——」我驚慌的抬起手，急著要讓學長看到我見到的景況！

結果我竟然連抬手的力氣都沒有，眼前一黑，一陣天旋地轉讓我完全失去重心，在眾人皆沒有防備的情況下，我往前摔了下去！

沒錯……我摔下的是那六十六階的階梯。

沒有人能拉住我，即使我知道自己這一摔下去凶多吉少，我還是無法控制自己，甚至連伸出手抵住階梯都不能！

好痛！我記得我有尖叫，我根本不是一階階摔下去的，而是像彈跳似的往下滾去！我的手、身體跟腳撞到，全身劇痛，我只能勉強護著我的頭！

「小美……為什麼？」在滾過一處樹叢時，我看到一雙帶著肉屑的骷髏腳站在那兒。

再轉半圈，頭下腳上，我看到了一整具骷髏，全身透著紅色未乾的血，骨節間的肉屑隨風飄蕩著。

是瘦皮猴！是瘦皮猴啊！

「為什麼是我！」

另一個女生的尖銳聲音傳來，在下方某個階梯上，是小海被切割整齊的頭顱。

「哇呀呀——」我要撞上小海了！我要撞上小海了！

就在一瞬間，我整個人像是被往上抬了幾公分，有些輕飄飄的，卻仍然在滾動。後頭傳來學長的驚呼跟匆促的腳步聲，還有慧文不絕於耳的尖叫，小珮姊呼喚徐怡甄學姊的聲音……結果我知道，我的身邊，現在已經有人在保護我。

是那個對我擁有扭曲的執著，愛得深切的程傑。

「小美——」在靠近階梯終點趴著于馨，她張嘴大吼著，我卻只看見到頸子中間的洞。

喉洞彈出她的血管、氣管跟神經，我甚至看得見被程傑咬斷的撕裂痕跡，她用嘴型大吼著，一隻手指向遙遠的方向。

我最終落到了沙土地上，包圍著我的保護依然存在，所以我像是停在半空中，一瞬間之後才落地。

「小美！」學長衝了過來，他不敢立刻移動我，就怕我手腳斷了。

我再度感覺頭破血流，那種溫暖液體從頭上流下來的感覺我再熟悉不過了！血流進我的眼睛裡，我想舉起手抹掉，卻覺得手肘痛斃了，動都不想動……

「學長……」我虛弱的喊出聲，「我的手怎麼了？」

我感覺學長察看了我一圈，還輕輕的拉直了我的手跟腳，然後鬆了一口氣，極度輕柔的把我攙起來。

「全破皮帶血了，不過手腳都沒斷。」他還笑得出來，「喂！妳很愛在禁地裡流血。」

「嘿……這裡不是禁地！」我聳了聳肩，卻因傷口疼而唉了聲。

「昕宇，接下來交給我跟慧文，她不宜再動了，這次沒死並不是僥倖，你帶她回去，上藥休息。」小珮姊拍了拍學長。

「我知道是程傑。」學長沉下臉色，將我橫抱起來。「我很不想跟他道謝，但是他似乎還是保護了小美！」

「那邊……」我吃力的舉起疼痛的手，指向于馨指的方向，「往那方向去，機……」

不知道為什麼，我應該要講出「械學館」的，卻有一股冰冷之氣灌進身體裡頭，我一瞬間打了個寒顫，跟著就覺得無比疲累，眼睛也看不見了。

機械學館啊！我親眼瞧見機械學館上空黑氣沖天，那裡一定有問題！小海說過機械學館有個圓柱傳說，還有胖子在那兒許願之後，變成了大帥哥，不是嗎？

如果那裡真的有什麼東西可以實現願望，就表示或許有什麼在作祟……啊啊，我想起來了，那個胖子是機械系！而昨天小海被砍頭之際，有人說機械系昨天上午才發生過命案？

是那裡！一定是圓柱傳說害的！程傑一定在那邊許了願！

我難得這麼清楚，為什麼我卻無法動彈？

『嘻嘻嘻……最後一個了！』

一股陰冷的笑聲從莫名的方向傳來，我嚇得抬起頭！

我站在伸手不見五指的黑暗當中，意外的全身都不痛，眼前卻一片漆黑，氣氛恐怖得教人哆嗦！

「誰？誰在那裡？」我喊著，迴音四處，還從上方飄蕩。

一束隱約的光從上頭打下來，我感到刺眼的閉上雙眼，下意識的想伸手擋住雙眼，卻發現手抬不起來。

我撞到什麼東西了，而那個東西阻止我抬手！怎麼回事？我開始驚慌，大膽的伸出手，發現我四周全是牆，我被關住了！被誰關住了！

「救命！學長！救我！誰放我出去！」我發狂的搥打著牆，「誰！誰快救我出去！程傑！程傑——你到底做了什麼！」

就在我用力敲打牆壁時，屏障卻突地消失，害得我一個踉蹌，用力往前仆倒，摔到了依然是一片黑暗的地上。

微微的光照著，我撐起身子，發現一雙雙腳在我眼前……該說是重重包圍著我比較正確！

我嚇得反過身，發現為數可觀的腳就環繞在我身邊，我見不著膝蓋以上的樣子，但是我瞧見了許多殘缺不堪的肢體！

『最後一個……嘻嘻……』

『放棄吧！放棄吧！妳就認命吧！』

不要！我為什麼要放棄！我死都不會放棄！你們是什麼東西，我絕對不會屈服於你們！

要死也要做個明白鬼！我陳小美絕對不要死得不明不白！

「程傑！你做了什麼！」我尖聲嘶叫，「你說你喜歡我，你不可能會害我的，對不對！」

倏地，有隻手溫柔的搭在我的右肩頭。

「我絕對不會傷害妳的。」程傑聲音虛無縹緲，「我不知道會這樣，我真的不知道……」

他在哭，程傑的鬼魂正在哭泣，不知是淚還是血滴在我身上，逼得我的淚也一起流下來。

「我是最後一個……是什麼意思？我會死嗎？」我哽咽著，其實我知道我陷入了無法阻止的命運當中，圍繞著我的魍魎鬼魅不打算放過我。

「妳不會死的，我不會讓妳死的！」程傑的聲音突地變得堅強。

我的身體漸漸沒感覺了，我的意識都已經飄到這奇怪的地方來，或許我的身軀還在學長的懷抱中，但是我意外清楚的明白，現在的我，是個靈魂。

「很多事情或許不是你能決定的。」我苦笑著，緊握雙拳。

「必要時，我會為妳而死的！」程傑忽然扣住我的肩頭，力道大得嚇人，「能為喜歡的人而死，是最幸福的事。」

「可是你已經……」死了啊！

我這句話來不及說出，才稍稍回頭，程傑竟甩手用力把我拋了出去！

我飛在完全無亮光的黑暗之中，眼睛瞪得再大也什麼都看不見！程傑！你要帶我去哪裡？我哪裡都不去！

我要回學長身邊！我要把事情搞清楚！我未來還要跟學長過數不清的情人節，我才不要死在這裡——我絕對不要！

第七章·在劫難逃

學長緊握住我的手，憂心如焚的神色映入我彈跳開的眼簾當中！

「小美！小美！」學長慌張的撫摸著我頭和臉頰，彷彿我死而復生般的珍惜。

我只記得我不甘心的想抓住什麼，一伸手，就感覺有人拉住了我。

結果是學長。是我一直依賴的學長。

「果然是難見的韌命種。」不正經的熟悉聲音傳來，「我就說她很難死啦！」

我眨了眨眼，看著陌生的天花板、陌生的房間，我並不在我的宿舍，而是在不認識的房間裡！

「他說他認識妳，又準確說出妳的遭遇，要我帶妳過來。」學長將我攙扶起，餵了我幾口水。

小小的房間門口，站著在把玩手機的男孩，正是阿楷那小子。

「他昨天幫了我，結果天亮時說他要去睡覺！」我嘟著嘴抱怨。

「沒辦法啊，我很累耶！」阿楷還給我聳了聳肩，「可是我很有良心的出去找妳，果然立刻就在路上遇到妳了吧！」

我狐疑的看向學長，學長神色比我還蒼白，一直盯著我不放。

「她已經醒了，大哥！不是死靈，你不必這麼緊張的看顧著。」阿楷笑了出來，「他真的很喜歡妳耶，剛剛都快抓狂了！」

我訝異的回首看著學長，他微微赧紅了臉頰。

「咳！你小子少說兩句！」他白了阿楷一眼，「我坐計程車要送妳去醫院掛急診，這小子從路邊衝出來攔車，司機才開窗要罵人，他就跟我說，帶妳去醫院必死無疑。」

「喂！你很愛咒我！」動不動就死啊活的。

當時學長原本只是半信半疑，但是阿楷立刻說我收了人家的愛，還死了三個同學，先不說嚇得計程車司機不敢載，至少讓學長信了他。

而且醫院是生死界，萬不得已的情況下，學長也不想把我往醫院塞。

下了車，阿楷就領學長到他住的民宿來，讓學長把我反向擱在床上，四周擺了一些東西，然後打包票說我會醒來。

「他很像是風水師。」學長看著阿楷，下了這個結論。

「我是什麼不重要，重要的是已經天黑了。」阿楷這會兒坐到桌上，專心的看著他的電腦，「小美小姐剛剛靈魂出竅，應該有些訊息吧？」

瞎米！阿楷這小子連我靈魂出竅都知道？我瞠目結舌的看著他，學長卻只是催促我趕快說。

「我是最後一個，有一堆亡靈笑著說我是最後一個。」我現在很會切入重點了。

「賓果！事不宜遲，走吧！」阿楷竟開心的彈手指。

「我先帶小美過去嗎？東西由你去準備？」學長站起身，走向阿楷。

「沒問題啦，不過我剛跟你說有幾樣有點難買到，你能設法嗎？」阿楷壓低了聲音，「還有，我需要強而有力的結界，我不是這方面的能手。」

「放心，我叫我哥過來了，他也會把缺的東西帶來！」學長邊說，邊回頭瞥了我一眼，「一定要快，要不然……」

「老人家別那麼愛擔心！」阿楷竟用指頭彈了學長的眉間，痛得他哀哀叫，「哈哈！生死有命！富貴在天！」

學長踉蹌幾步，直撫著眉間的痛楚，我感覺得到他不是很開心。

「我們都很緊張，你少在那邊生死有命的！」

「我說的是實話，你們這行的怎麼會不知道！」阿楷越過學長看向我，「扣掉守護靈跟八字，她還是擁有難得的好運，你何必這麼擔心？」

他在說我嗎？我失去了守護靈跟八字，遇上了這樣的事，怎麼能教大家不擔心？可是阿楷說得對，擁有這麼多關心我的人，我陳小美何其有幸？這才是最難得的好運啊！

「她在劫難逃。」學長忽地暴吼一聲，上前揪住阿楷的衣領，「都什麼時候了！你不要跟我開玩笑！」

我被學長的怒吼聲嚇住了！

我……在劫難逃？阿蓮一年多前所說的桃花劫，就是這個劫數嗎？照理說依照我的八字，我不該一直遇上陰鬼之事，但是因為我一再的大意或是命運，讓我莫名的跟詛咒有所交集。

可是這之中有一半的因素是因為我的不在乎！因為我的粗心大意，因為我沒把學長的話放在心裡——因為我未曾對另一個世界的東西保持敬意。

這一次，命運要我失去我所仗恃的，要憑著這具漸漸無法動彈的身軀與愛我的人，去迎戰所有劫數。

「生死有命。」阿楷輕鬆的落了一句話。

學長回頭看向我，我的淚淌下臉龐，我怔怔的看著他，卻還是盡力露出笑容。

「我從來不是認命的人。」我笑著，打從心底不願服輸。

學長緊鎖著眉頭抱起我，因為我已經無法走動了！他們為我簡單的上藥與包紮，我不良於行不是因為腳傷，而是我已失去了力氣。

我像是風中殘燭，隨時都可能熄滅生命之火。

「我不會放棄的，學長。」我挽著他的頸子，堅定的告訴他，「你也不許放棄我。」

他苦笑，抱著我離開民宿。

我離開阿楷的房間時，明顯的感覺到身體又沉重了許多，阿楷似乎真的略懂地理與風水，他選擇的地方都讓我的精神特別好。

也或許因為如此，我才能再度醒來。

而程傑的聲音浮現在我腦海中，我很難不去想到他。

月亮高高掛在夜空，路上不知怎地罕無人跡，而且寒風越來越強！明明是盛夏的夜晚，為什麼風吹來特別刺骨？

阿楷早在出民宿後就與我們分道揚鑣，要去買一些等會兒需要的東西，我還沒問他們查到了什麼，因為我是如此相信學長。

「小美，閉氣。」學長突地壓低聲音。

「嗯？」愕然之際，我全身的寒毛突然豎了起來！

我們走在通往學校的馬路上，現在卻是一輛車也沒有的詭異現象，路旁的店家全部關門，彷彿走在廢墟！

而遙遠的另一頭，有兩個拉得長長的影子，手上拿著令人畏懼的牌子！是鬼差！我們踏進了陰陽路！我連大氣都不敢喘，立刻閉氣，緊縮在學長懷裡。

「陳小美呢？」下一秒，我聽見鬼差的聲音在我背脊響起，他竟已站在學長面前！

「你問我，我問誰？」學長的聲音很冷酷無情。

「她是你的女人，你怎麼會不知道？」鬼差的聲音聽起來很尖細，「你懷裡抱著什麼？」

「你們不會自己看嗎？」學長淡然的說，並且開始移動步伐，「要抓人得要有生死線可抓，何必特地來堵我？」

我想大概我閉著氣，所以鬼差看不見我吧？可是我剛剛根本來不及深呼吸啊！我的肺脹得好難過，快要喘不過氣了！

怎麼辦！我不想給學長添麻煩！而且我現在一旦呼吸，鬼差就會知道我在這裡了！我、我會被抓去酆都嗎？我不要！

但是我再也忍受不住，臉快漲紫的我貪婪的吸了口新鮮空氣！

「什麼！」鬼差倏地回頭，而學長跟著拔腿狂奔！「陳小美！」

學長緊抱著我往前奔跑，我扣緊他的肩，看著簡直是用飛的鬼差們朝著學長身後衝過來！

這條街到哪裡停止？為什麼鬼差可以走到這條路上？我們一定是走進了他們特地設下的陰陽路，哪裡是出口！快點！哪裡是出口！

突然像下雨似的，有水噴到我臉上，跟著是一串長長的水從學長身後噴了出來！

一瞬間我聽見機車的喇叭聲，街道頓時明亮起來，就連本來關著的店家也全都門庭若市，人聲鼎沸！

「我們走出來了！」我喜出望外的大叫，緊扣住學長的頸子。「這裡是正常的人界了！這裡是人界！」

附近幾個路過的人用奇怪的眼神看著我，還給我退了幾步。

哇咧，這下不正常的好像變成我了？

「小聲一點，不然人家會以為你們是神經病！」學長身後站了一個人，正從容的鎖起礦泉水瓶。

哇啊啊！是賀正宇！學長的哥哥啊！我一見到他就會自動縮起身子，我覺得他比鬼差還可怕，說不定等一下又要在路邊開訓，訓我個三天三夜沒完沒了！

「哥！謝了！」學長說，「要不是你及時切斷通路，只怕我已經被追上了。」

「其實被追上也還好，這闖禍鬼沒有生死線，牌子掛不上去。」正宇哥涼涼的先刺我一槍，「硬拖回酆都只怕那兩個鬼差被傳染倒楣，太不妥了！」

「我又不是自願倒楣……」我囁囁嚅嚅。

「這事的確不能怪妳，妳不是故意要收下人家對妳的愛！」賀正宇拉過學長，「我們快走吧，事情還沒完咧！」

學長用力撐了一下，我想我一定很重，讓學長這樣抱著我跑，他一定很疲……可是我現在沒有開口的權利。

難不成要正宇哥抱我？不成不成，我覺得他會直接把我扔給鬼差。

我們走上人行道，我看著街道上的車水馬龍，也看見了許許多多的亡靈充斥其中！這是我過去從未見到的景象，而今看來，還是讓我十分詫異。

原來在我們日常生活當中，這些亡靈根本是貼近我們身邊的！像賣炸雞的攤子外，圍了一大票人，中間卻也站了一大票的亡靈，像準備買份鹽酥雞似的！

而有輛機車載著甜蜜蜜的情人，可是他不知道在龍頭上，正坐著一個被輾過的屍首，貼著男生的鼻子咯咯笑著。

還有看起來年輕飛揚的女生，親暱的勾著男朋友的手，她穿著迷你裙的腳上有兩個小嬰兒正緊緊扣著。她墮過兩次胎嗎？那就是嬰靈嗎？

而一輛囂張的汽車叭個不停，他的車子幾乎被殘破的動物靈包圍住，貓狗們全肚破腸流的朝他吠著，使得那台黃色的跑車看上去晦暗無光。

「那輛車再撞死一個生命，就會出事。」正宇哥突地開口，「冤氣會遮掩住他的視線，妳放心好了。」

我訝異的看向正宇哥，學長卻只是將我摟得更緊。

「不要跑！不要跑！」小孩子追逐著小狗奔過我們身邊，我瞧見他手上拿著BB

槍。

而更駭人的是，有兩隻狗靈正咬住小男孩的腳踝，跟著往前衝。

「天真不懂事，殺了兩隻狗。」正宇哥再度開口，「一隻被活埋的……另一隻是被石頭扔死的，他應該會被動物反噬。」

「哥！夠了！」學長出聲制止，聲音很緊繃。

「有什麼關係，你家小美難得看得見。」正宇哥對著我笑。

嗯！我點了點頭，我的確看得見，而且一清二楚。

而我只要靜下心，就可以感覺到在學長的身後，有輕微的腳步聲響，我越過學長的肩頭往後頭看，終於看見程傑的身影緩緩現身。

他一現身，就用那變形的臉衝著我笑。

「讓我輕一點。」我用嘴型傳達。

「小美！我沒關係！」學長大吼一聲，語調惱怒非常。

我嚇著了，看程傑再度憤怒的齜牙咧嘴，趕緊先阻止他又給我亂來，接著再不安的看著學長。

「又沒關係，好歹分擔點重量！」正宇哥倒是輕鬆自若的朝程傑說，「程先生，就麻煩你了。」

「我不需要他幫忙！」學長再度停了下來，認真的跟正宇哥對抗。「小美我自己能保護！我不會假手其他男人！」

我聽得出學長的言下之意，他想說的是：更別說程傑是詛咒我的男人。

但是我真的覺得這是意外，程傑再三的用各式管道告訴我他不可能傷害我，他執拗偏激的愛導致他施了永世娃娃跟活祭品的愛情咒術，但不會置我於死地。

不過這聽在學長耳裡，我看不但不能說服他，恐怕還會把氣氛弄得更糟。

「我來吧。」耳邊傳來一陣柔軟的嗓音，跟著是一抹紅色的身影。

徐怡甄學姊清清楚楚的站在我跟前，一如生前美麗，她跟學長肩並著肩，小心翼翼的捧著我，減輕了我的重量。

學長頓了頓，狐疑的往旁邊看，然後一臉神色凝重。

「她到這時候還有守護靈啊！」正宇哥看來十分訝異，「妳怎麼這麼狗屎運？」

「沒禮貌！人家學姊是好心好意來幫忙的！」我噘起了嘴，朝向學姊說了聲謝謝。

「學姊變成守護靈後很美耶，傷痕都不見了。」

「小美……」學長忽地沉下聲，「妳現在連守護靈都看得見了？」

「嗯啊！學姊在這裡。」我指了指，不只看得見，還一清二楚。

說也奇怪，我餘音未落，學長就抱著我加快腳步，連一聲都沒吭，用競走方式衝向校園。

「看得見我們、看得見充塞在人間的魍魎鬼魅，就表示妳已經快成為我們的一份子了。」徐怡甄學姊解除我的疑慮，卻也直接挑起我的恐懼，「小美，妳壽命將盡。」

我倒抽了一口氣，遇過這麼多事情，這次真的有被宣判死刑還立刻執行的感覺！

「妳連我的聲音都聽得見了，昕宇都還聽不見呢！過去光要傳達訊息給妳都必須用各種管道，現在妳卻能清楚的跟我對話。」徐怡甄學姊緩緩的閉上雙眼，再警戒似的睜開。

「真是……謝謝妳告訴我這種好消息！」我無力的唸著，有種無力可回天的賭爛感。

「怎麼了？」學長不解我說話的用意，因為他聽不見學姊的聲音。

「沒什麼，徐怡甄學姊告訴我為什麼我會動不了，而且又聽得見她的聲音了！唉……這次事情真的大條了！」

「連守護靈的聲音都聽得見了！我看速戰速決好！她都快變守護靈了！」正宇哥的臉色白了些，學長的簡直是發青。

「別再讓他們緊張了，要解除詛咒不如想像中簡單，妳這次凶多吉少，要先有心理準備。」

真是感謝徐怡甄學姊開導，不過這時候聽到這些話，實在一點都開心不起來，也放心不下。

不過我慶幸學姊現在還在我身邊，因為徐怡甄學姊當初是自殺而死的怨靈，才可以繼續守護我，這的確也算一種運氣，我的守護靈幾乎全都是親人，唯有學姊是該下地獄的怨靈。

這個詛咒，無法封住徐怡甄學姊嗎？

又開始起風了，跟剛剛在陰陽路上一樣的陰風慘慘，我繃緊神經，很清楚空氣中的變化，以及什麼東西正在逼近。

微微正首，機械學館就在眼前，整棟樓被黑色的氣息重重包圍，相隔一座操場，我們就能抵達那詭異的地方。

圓柱傳說的起源地，令人毛骨悚然的地方。

「我們好像忘記弄清楚圓柱傳說的由來了。」我抓緊學長的衣服，微微發抖。

「阿楷已經找到了，那根圓柱是人柱。」學長這麼說，將我放了下來，「是那根人柱在完成學生的願望。」

人柱？學校裡竟然有人柱！所謂人柱，是古人的迷信，為了讓建築工程或橋樑等能順利完工，並且建好後能平安無事，所以在建築時將人活埋入樑柱、或是支撐全體結構的大柱之內，當作獻祭品。

現在都什麼世紀了，就算本校歷史悠久，也沒久到這種迂腐的地步吧？

一瞬間，我突然想起在我昏迷時做的那個夢！

我被關在暗無天日的地方，那空間窄小到我甚至無法抬起手，四周都是牆壁，我的手是彎曲著敲打、嘶吼……是的！那就像是困在一根圓柱裡的感覺！

包圍著機械學館的黑霧讓我非常的不舒服，可是我的身子卻突然變得輕鬆，有股詭異的力量傳了過來，直達我四肢百骸！

「小美！妳要去哪？」學長突地一把抓住了我！

是的，我的無力感與疲憊感頓時消失，但我的腳卻不聽使喚，被牽引著往前方邁開腳步！

「我、我不知道！我控制不了啊！」我邊大喊，一邊被莫名的力量往前拖。

包圍機械學館的黑影開始動了，我見著它像霧氣似的飄動，繞成一個漩渦，最後成了一張人類的臉龐！

我覺得，我不要再往前進會比較好。

我使盡力氣逼自己停止下來，可是依然抵不過那股強大的力量，即使我嘗試彎腰蹲下，還是被直直向前拖。

「有人期待她進去的樣子！」正宇哥神情凝重的望向機械學館，「我們也不要辜負人家的希望。」

於是他們一人各勾著我一邊的臂膀，拽著我不讓我被吸過去，卻也同步的往機械學館移動。

這裡有人要我，有人渴望我步入，我想起所謂的「最後一個」，一切似乎都在等待著我。

「阿楷他們人呢？」我突然想起其他夥伴，「小珮姊跟慧文她們呢？大家都沒事吧？」

「妳都自身難保了，陳小美！」正宇哥回以咆哮，緊緊扣住我的手腕。

啊啊，瞧他生氣的模樣，一定有什麼事瞞著我！

我轉向另一側看著學長，他只是面露苦笑：「跟小珮她們失聯好一陣子了。」

怎麼了？這又是怎麼了……難道程傑又幹了什麼事嗎？可是他現在在我身邊，正為了詛咒我死亡而苦惱，照理說不該會對小珮姊她們下手啊？

「那阿楷呢？」眼看著上了階梯，我用腳尖抵住，抗拒那強大的吸引力。

「我不寄望他了。」學長專注的瞪著眼前的黑影，他們正在盤算著該如何安全的穿過這一片漆黑的怨氣。

「真是有夠沒禮貌，誰知道你們那麼早就過來了。」遠遠地，幾乎可以肯定是操場外圍，終於傳來阿楷的聲音！

我們紛紛回首，那小子散步似的緩步而來。

「都什麼時候了，能不急嗎！我們要進去了！」學長深吸了一口氣。

「急什麼？我說十點就是十點，你們太早來也進不去啊！」

面對阿楷悠哉的樣貌，我的火氣一整個冒上來，現在的我可是精力充沛，只是被那黑影牽引著，沒辦法分神扁他而已！

可是他說的也沒錯，我覺得我要是被這樣吸進去了，鐵定會出事！就算沒事……

學長跟正宇哥他們也不該以活人之姿進入那詭異的黑影中！

說時遲那時快，校園內的鐘聲忽地響起，那是下課鐘響，現在聽來卻像是奪命鐘！

十點整，鐘聲聲聲迴盪，面前的牽引力頓時鬆懈，我差點跌了下來，因為無力感重回身上，剛剛的活力全然失去，我又變成瀕死之人。

學長及時攔腰抱住我，我的心臟開始難受，連呼吸都相當困難，看來我離死亡又更近了些。

而機械學館的黑影改繞到上方，不再盤踞在門口，也失去了硬吸我進去的力量。

「風水風水，總是得搭配一下大自然咩！」阿楷走到我們面前，他咩耶咩的，讓我覺得機車到家。

「好了，小美都快沒命了，我們動作得快一點！」學長迅速的整理精神，再度抱起我。

「再怎麼急還不是得等十點？」真不知道阿楷是大條還是冷血，他實在太過輕鬆了。

「我現在非常想扁你一拳……十拳好了！」我連說話都會喘，「要是我恢復了，你就給我、給我走著瞧！」

好喘！我怎麼會那麼喘！我連說話的力氣都沒有了？

「嘿！那是因為對象是妳，我才從容好嗎？繼續保持這股怒氣，我等妳來扁我喔！」他咧嘴而笑，一臉皮樣，「況且本大爺相信命定之事，死不了就是死不了，該死就是該死！」

「哪來的小子廢話這麼多！」一瓶空的礦泉水瓶往阿楷頭上砸下，發出響亮的聲音！

正宇哥！幹得好！

「哎呀！嘖，結界大哥喔！你們這家真炫耶，啥都會！」阿楷撫著頭，終於開始往前走，「大家可以安全的進去了，況且裡面已經有人在等了！」

裡面？

由於阿楷的關係，黑幕已然散去，讓大家輕而易舉的進入，機械學館是由玻璃打造而成的，挑高的一樓大廳全是透明玻璃落地窗，月光穿透照映在地板上的銀光，感覺很不真實。

好不容易到達傳說中的圓柱，我一眼就看到慧文跟小珮姊，阿楷口中的等待者是指她們兩個。

她們兩個站在一根巨大的圓柱邊，那根圓柱就是散發黑色氣息的來源，因為雪白的圓柱上全攀滿了黑氣，並且往上衝發，直抵天際，也就是我在階梯傳說上方看見的景象。

只是呢，圓柱邊還多站了兩個「人」。

身形細長，側面跟洗衣板一樣扁平，飄浮在半空中，手上拿著令牌狀的東西，不約而同的朝向我。

鬼差。

第八章・爭命

最好有個人出來解釋一下，為什麼天殺的鬼差會出現在這裡！虧我剛剛躲得那麼辛苦！

「小珮！」正宇哥果然立刻往小珮姊那兒去，「鬼差為什麼會在這裡？」

「沒遇上他們的話，我跟慧文早就死無全屍了。」小珮姊果然厲害，早就拉了鬼差當幫手。

「哦？謝了！」賀正宇很欣慰的跟鬼差道謝。嗚嗚，那我呢？你們不能把我在閃的敵人帶到我跟前嘛！

兩個鬼差看著我，抱著我的學長下意識的後退，但我們現在已無路可退，因為機械學館的門口又是黑幕籠罩，依照這些怨靈的習慣，進得來就不會讓我們出得去。

「別擔心，沒生死線，鬼差沒辦法拿她！」正宇哥招了招手，要學長過去，「在她氣絕前快點把詛咒化解，鬼差就無法拿她了！」

「請問我什麼時候該氣絕？」我仰頭，看向那薄如紙的鬼差們。

他們倆互看一眼，異口同聲：「子時。」

哇咧，科技很進步了，不要用兩個小時去算！子時是指十一點到凌晨一點，我想知道是幾點幾分嘛！

「她應該想知道確切的死亡時間。」學長果然瞭解我，幫我問了。

「不知道，時候到了自然會走。」鬼差迸出這堆鬼話，「她不是正常輪迴道裡該死的人，所以不會有準確時刻。」

哦……這意思其實是我命不該絕，但因為程傑「愛的詛咒」，才讓我提早了死期？

「程傑！」我不客氣的呼喚肇事者，畢竟解鈴還須繫鈴人！

在月光落下的銀色地板上，程傑的身影浮現，他的臉色已經夠血腥了，現在還多了哀淒的成分，慧文看到他又是驚叫，畢竟他那隻眼珠子掛在外頭晃呀晃的。

「我喜歡妳，我想跟小美在一起。」一開口，又是我聽膩的告白。

「如果那是詛咒，我已經對學長詛咒幾百次了。」我坐了下來，面對著那纏繞著怨氣的白色巨柱。「你在這邊做了什麼？單純的祈禱不會致我於死。」

「我沒有要害死妳！」程傑再度焦急的咆哮！

「學姊……許願必須要道具齊全！」慧文總是在緊要關頭有所貢獻，「我、我問機械系的同學，他們說之前傳聞中的胖子就是這樣子……成功的。」

「什麼道具？」學長的口氣相當不耐煩。

「如果是改變自己的，要自己的頭髮、照片，還有……生辰八字；如果祈求戀愛，就要對方的。」慧文有些遲疑的頓了頓，然後咬了咬唇，「前幾個月那個胖子，後來瘦下來變成帥哥，就是這樣祈求的。」

我看著她面有難色，大概也猜到十之八九了。「那個帥哥呢？現在依然是瘦子嗎？」

「他……他死了！」慧文怯懦的回答，印證了我的想法。

就是昨天白天的新聞，我只顧著丟那尊永世娃娃，顧著對付當時還活著並執著的程傑，根本忽略了校園四周高鳴的警笛聲。

直到小海被斬首時，才隱約聽見學生間傳著白天有位機械系學生死亡的消息。

「他怎麼死的？」

「他是餓死的。晚上看新聞說，他整個胃都是空的，已經很久沒進食了。」慧文焦急的看著我，「我去查過，所有許願成功的人，都已經不在了！」

我倒抽了一口氣，我並沒有在這裡許願！我從未為自己許下任何願望，也不會拿自己的頭髮、照片或是生辰八字來這裡找死！無名火從我心底竄燒起來，我瞪向程傑，他就站在我身邊！

「你拿我的生辰八字到這裡許願？」我氣得握緊雙拳，對著一隻鬼咆哮！「你難道不知道生辰八字是很重要的東西嗎？」

我現在終於知道生辰八字的重要性，我也知道做任何事都必須小心翼翼，不能天真的以為什麼事都不會發生！

「我只想……跟妳在一起……」程傑哀傷的看著我，血從眼睛的窟窿裡流出來。

「快了！我快死了，就能如你所願了。」我咬牙切齒，我如果真的死了變成鬼，第一件事情就是海扁程傑一頓！

「可惜事情不會像妳想的那麼簡單，就算妳死了，程傑也無法跟妳在一起。」阿楷那渾小子又開口了，他從一進來就不知道繞著大廳在擺放什麼東西。「妳死了之後，靈魂會進入無間地獄，受苦一萬年才能重新進入輪迴。」

哩共瞎米！我張大了嘴，不可置信的看著涼勢涼勢的小子，他可以不要平時很安靜，一出口就要人命嗎？

「那不是我所願！」程傑飄到我們之間，「我如果祈求，也只會祈求小美永遠健康！」

「為什麼？我沒做過什麼壞事吧？我還幫助過很多鬼耶！為什麼要下地獄！」我慌張的拉住學長的衣角。「是無間地獄，不是普通地獄，地獄也有分樓層的！」

阿楷邊說著，一邊瞪著圓柱瞧，「那是個沒有時間與空間的地方，妳要飽受飢餓與寂寞，光是寂寞一萬年就足以讓人瘋了。」

「學長！我不要！為什麼是我！」我終於慌了，隨著時間逼近，我的信心也逐漸瓦解！

眼淚飆了出來，我應該要痛哭流涕的，可是我一激動，一口氣就完全上不來，差點不能呼吸！我攀住學長的臂膀，我還不想死，我不要離開大家，我的人生明明還大有可為！「咳咳！咳咳咳……」

「小美！妳冷靜點！妳別激動！」不知道是誰這麼喊著。

然後我抬首，仔細瞧著圍繞在圓柱邊的黑影，那些黑影竟是縷縷幽魂，纏繞在白色的圓柱上，數量龐大，就像我那日夢境中的模樣！

『最後一個……妳是最後一個！』一陣女人的尖笑聲自圓柱裡傳來，迴音震盪，震耳欲聾！

跟著我聽見了一種奇異的聲響，像是什麼東西裂開了，緊接著就有小碎石落下來！學長飛快的把我拉離圓柱邊，我們看著柱子出現裂痕，而且迅速的剝落……

能在地震以外的時刻看到這場景，也算值回票價了吧？

「正宇！設結界！」小珮姊的聲音響起，我看著正宇哥急忙扭開水瓶，在我身體四周倒滿了水。

「徐怡甄學姊！緊急時得麻煩妳了！」這是學長的聲音。

就在圓柱上最大的一片水泥塊掉下來的那一剎那，一股強大的吸力忽的自圓柱傳來，我連眨眼都來不及，刷的就被往上吸走了！

沒有人拉住我，一眨眼我人就懸在了半空中。

最炫的是……齁齁，我竟然還可以俯瞰學長、正宇哥、小珮姊、慧文、死小子阿楷——以及被學長攙著的我。

我？我瞧見我自己？

「小美！」有人拉住我的手，「在這裡定著，千萬別過去。」

我看著來到我身邊的人，真是嚇死人，竟然是一樣飄在空中的徐怡甄學姊！

「我死了嗎？」我倉皇的看著待在角落裡的鬼差們。

「還沒，差一口氣。」學姊微微一笑。

呼！幸好！哎呀！現在不是幸好的時候啦，我也只差一口氣了耶！我趕緊抖擻精神，就算我現在是靈魂，好歹也比是人時有用得多了，至少飛得動，整個人舒服很多！

我看向圓柱裡，那是具很標準的屍體，而且因為水泥的覆蓋，有點像是木乃伊化的乾屍。

『最後一個……嘻嘻嘻，我實現了你的願望，把最後一個靈魂交給我！』乾屍竟開始狂笑，騰出一隻手指著我身後的方向。

程傑飄在我身後，他現在看起來跟生前一樣正常，或許因為我現在也是靈體，因此不至於看到他被輾過後的形象。

「我許願是要跟小美在一起！沒有要把她交給妳！」

『你已經死了，這個靈魂就必須給我了！嘻嘻嘻……我等這天等了好久好久啊——』她放肆的大笑，嘴巴越來越大、越來越大，大到變成一股吸力，把周遭所有的靈魂全吞了進去！

「小美！」徐怡甄學姊根本拉不住我，我像是本來就應該去那兒一樣，直直衝了過去！

在無以計數的靈體中打轉，我什麼都看不見，也無力抵抗，只能看著黑暗在我眼前一幕幕飛掠，感覺自己快要變成死人！

緊接著我竟然往下墜，比自由落體還誇張，好像墜落到萬丈深淵似的，直直墜落了好幾分鐘，都沒有停止的跡象！

「妳就乖乖待在這裡吧，我會幫妳立座墓的。」

喝！一個粗獷的男人聲音在面前響起，我驚覺落了地……不，我是站在一個地方，而且外頭一樣是明月高掛，而我——

雙手雙腳完全不能動彈，嘴巴也被封住，直直站在一個圓柱模板裡頭！

「沒辦法，誰教妳一直吵，我不可能跟妳在一起的！想想也不錯，妳當人柱立在這裡，這棟樓以後會教出很多好學生！」男人的臉我沒見過，但是他正抽著菸，「就這樣了，好好走吧！」

『唔！唔！唔！唔！』我的嘴巴被布塞住，連救命都喊不出來！

然後一根管子塞了進來，我聽見機器的聲響，然後是冰冷的水泥，由上而下灌進來。

不！不要！我不能呼吸了！不能活埋我，你是個天殺王八蛋，你怎麼做出這麼令人髮指的行為，你不能把我活生生的灌成圓柱啊！

不要——

『很痛苦吧？我聽著妳的悲憤，已經聽二十年了，也該夠了！』

半空中，只聞聲響不見人。

『只要妳蒐集九十九個靈魂，我就讓妳離開這裡，去找那個男人報仇，如何？』

『好！我答應！我要出去！我要離開這裡！』我的嘴自動說話了。

『妳不能隨意取走人的靈魂，這樣吧……我讓妳經過正常的交易取得，只要有人來向妳許願，妳必須完成對方的願望，完成後便可取走對方的靈魂。』

『好！什麼條件我都答應！我要離開！我死都要離開！』

然後經過漫長的日子，我讓傳說蔓延開來，我看著一個一個來這裡祈求的人們，有學生祈禱能拿到獎學金、有人祈禱女朋友肚子的孩子能流掉、有老師祈禱婚外情不要被發現，也有女老師希望能隱藏自己跟女朋友的戀情。

懂得帶來頭髮、照片與生辰八字的人少之又少，但是有一個人成功了，傳說便會流傳開來，必備的條件自然也會口耳相傳，校園傳說之所以會如此之多，如此持久，就是有成功的例子，以及完成願望的我。

一年一年的過去，有時一年我可以取得十個人的靈魂，有時好幾年才能取得一個，但是我不在乎，我只希望可以脫離這個詛咒，我要離開這裡，即使犧牲九十九條人命我都無所謂！

終於，那個胖子來了，他希望能變瘦，以及期望有美好的戀情！他是第九十八個，貪心的許了兩個願望，但是我即將離開，不在乎慷慨一點，多送他一個變帥的妖法。

再兩天，有個男孩來了，他帶齊了栗子色的捲髮、照片，還有生辰八字。

「我好喜歡小美，希望她能愛上我，讓我們永遠在一起。」男孩說著，按照最黑暗的傳說，把頭髮燒掉、照片燒掉，還有寫有生辰八字的紙條也燒掉。

火舌吞噬一切，我看著那照片越燒越旺，看著我自己的照片被燃燒殆盡！

那是我的照片！所以被詛咒的人是我！而我，正是第九十九個靈魂！

這是什麼！我為什麼會看著這一切，這不是我，我不是那個被活埋的女人，我也不要當人柱！

妳的遭遇很可憐，但是不能夠因此犧牲無辜的我們啊！

『第九十九個！我簽定的契約完成了！』我還在高聲喊叫著。『請取走這九十九條靈魂，還我自由！』

不是！我還沒死！我才不要被取走，我才不要！

「小美──！」

我突地從人柱裡的死屍軀體裡被拉走，即使我是靈體，還是有種精神錯亂的感覺！我被人攙住，神智不清的看向來人，卻因此在一瞬間清醒！

「學長！」我尖叫出聲，學長怎麼會在這裡！

「我讓靈魂出了竅！」學長邊說邊在我額心打了個印，再在我手掌心各打結印。

我焦急的往下看，我果然看到我跟學長雙雙倒在地上，學長的手腕全是鮮血，而血泊裡擱著我之前在于馨家偷拿的美工刀──學長竟以割腕來讓靈魂出竅！

我們兩具半死人的身體四周全是正宇哥設的水結界，他跟小珮姊很凝重的守在我倆的軀體身邊，因為那些因許願而死的死靈，正企圖攻擊我的身體。

是啊，只要我身體不在了，我就沒有回去的地方了！

「太危險了！萬一你被毀了軀殼，你也會死的！」我大吼著，試圖把學長推回去。

「妳的腦袋別在這時候特別清楚好嗎？妳明明對這些事情反應都很遲鈍的！」學長蹙著眉看我，用我知道的憐惜眼眸。

「因為……我在劫難逃啊！這不是我粗心大意的原因，程傑在這裡許願的那一刻，我就成為詛咒的最後一環了。」我痛苦的閉上雙眼，淚流滿面。「我不知道那個人柱跟誰簽了契約，但是她有我的生辰八字及一切。」

「可是她沒有實現我的願望，妳沒有愛上我啊！」程傑衝了過來，比我還緊張。

「因為你已經死了，她不需要完成你的願望就可以收取小美的靈魂。」學長的眼裡充滿恨意，「你的願望不但害死小美，也把她打入無間地獄！」

「不——我不知道！」程傑痛苦的哭嚎起來，「你們不是很厲害嗎！快點救救小美！阻止這一切啊！」

「命運怎麼阻止？法規不能改變！」學長氣得踹了程傑，「這個人柱跟陰界的鬼神訂下法則，陰界的法是絕不容許例外的！」

我的心底竄起絕望感。

這是我陳小美第一次感到絕望，我記得以前正宇哥說過，陰界的法可是有原則多了。那半空中傳來的聲響是哪位鬼神憐憫被活埋的女人嗎？還是他意圖利用女人的怨念蒐集更多的靈魂？

這些都已經不重要了，因為女人完成了她的契約，我的死亡，可以將這串詛咒圈起來，結束一切。

我發覺人真的爭不得，爭名爭利、爭一堆無謂的事情，最後能跟命運爭什麼？即使非我所願，我依然得遵循命運，邁向我絕不甘心的死亡。

「我好喜歡好喜歡你，學長！」我泣不成聲的說，「幫我跟爸爸說我愛他，我很愛他……還要謝謝正宇哥跟小珮姊……阿蓮跟爺爺……」

「小美！事情或許有轉機的！」學長還在安慰我。

我痛苦的別過頭去，算了！我當最後一個也好，總比是慧文、或是哪個不知情的學弟妹，跑來許願白白送上一條命好，對吧？

至少在我之後，不會再有人因此喪命，這也算功德一件啊！這樣想，我就會泰然多了！

程傑的臉悲傷而扭曲，他哭得比我還嚴重。

「你對娃娃下的詛咒殺了瘦皮猴他們，也別想逃過報應……只是，我很謝謝你喜歡我。」我握住程傑的手，「不管你做了什麼，事實已經無法改變了！雖然我無法喜歡你，但我還是謝謝你曾經這麼痴心的喜歡我。」

「小美！」學長扣緊我的手腕，我能體會他的無力感與怨恨，但是誰也無法阻止這一切了。

程傑發怔的看著我。

緊接著風雲變色，怨靈們正式要踏上歸途，讓乾屍盡情吞噬，然後讓人柱親手奉上九十九條靈魂給鬼神。

我不打算再掙扎，鬆開了程傑跟學長的手，放任自己被吸引過去，緩緩的往下旋轉……我在想我能不能見到媽媽跟爺爺他們？還是說我真的得孤獨一萬年？

萬年之後，我的靈魂還會在嗎？

我昂首看著學長，他在高空之中凝視著我，淚水早已不能自抑。

萬年之後，我還能見到學長嗎？

「事實可以改變！」程傑突然俯身衝向我，拉住了我的手！

「程傑！不要再耗費力氣了！詛咒一完成，你就會有招亡線，記得跟鬼差去酆都報到，坦然接受責罰！」

「我——我——」程傑突地回頭朝向遠方的學長大喊，「我當初燒掉的東西裡，也有我的頭髮、照片跟生辰八字！」

電光石火間，學長的靈體瞬間來到我身後，阻止我繼續下沉！

我瞪大雙眼，回憶著剛剛在女人身上看到的一切，程傑燒的頭髮是混在一起的、照片兩兩重疊……而那張白紙上面的確多了一行字！

我看著程傑……我知道了！我知道程傑想做什麼傻事了！

「程——」

「我願意當第九十九個！」程傑放聲高喊，「我願意代替陳小美，成為第九十九個！」

我來不及阻止。

一切都在須臾間改變！我的靈體不再有那種萬念俱灰的感覺，不再感覺自己是個徹頭徹尾的鬼魂，而且也在瞬間感受到與軀殼之間的連結。

我成了一個游離的生靈，不再是被詛咒的瀕死者。

我脫離詛咒了！我不再是第九十九個靈魂，而程傑頂替了我，他變成自己詛咒了自己！

「程傑！」我伸出手，及時抓住了他。

「我喜歡妳，小美！」程傑笑得一臉滿足，「真的非常非常喜歡妳！」

「不要……你不可以這麼做！」我噙著淚水，用力的握住他。乾屍的力量越來越大，她勝利般的長嘯，嘴裡發出的旋風佔據了所有的空間，狂妄的急欲吸走所有的靈魂！只要仔細看，就可以看見曾經來這裡許願而身亡的靈魂們正變形拉長，臉孔扭曲的哀嚎著，再如何不甘願，也必須成為漩渦的一部分，被大嘴吞噬。

我握著的手也開始脫離，程傑整個人被往後吸走，我快要拉不住了！

「學長！學長！」我大叫，朝學長哭喊著，「幫我拉住他！快點！」

「不行！我一放手連妳都會被帶走！」學長緊緊扣住我，堅決死也不放手；而地面上的小珮姊正唸著法典，牽制住學長的靈魂。

「不准放！你不准放！」程傑竟突然朝學長大喊，「你必須好好照顧小美！一定要好好的——」

啪嚓！程傑的手從我手滑開，就在我面前直直的朝那血盆大口掉進去。

「能為喜歡的人而死，是最幸福的事。」

程傑的話隱隱約約迴盪在這空間裡！

我抱著學長放聲大哭，這個我視為變態、恐懼又厭惡的男人，最後竟然願意為了我，成為被奴役的靈魂，必須在無間地獄裡受苦一萬年才能夠脫身！

女屍滿意的吞下第九十九個靈魂之後，空間震盪，我跟學長突然一陣天旋地轉，然後聽見了正宇哥的叫喚聲。

「小美！」

我遲緩的睜開眼，瞧見滿身是血的學長正欣喜若狂的擁著我哭泣。

我們回到了身體中，一切恢復正常，但程傑已不復在。

「結果是這樣嗎？他代替妳走了。」阿楷緩步走了過來，現在的大廳乾淨明亮，一如平日月明的夜晚，絲毫不見黑幕重重。

那根雪白的圓柱依舊屹立不搖，沒有破損、沒有裂痕，也沒有人知道當年裡頭活埋了一個女人。

「你做了什麼？」我幽幽的開口，剛回到身軀的我只有一片茫然。

「我只是利用妳的本命去創造出適合妳的風水而已。今夜子時，東南方位和紫水晶對妳有絕佳助益，所以我託妳學長他們搬來幾座大型紫水晶座。」阿楷淡然的說，劃上一抹笑，「我只是跟妳的本命賭而已。」

「這裡是慧文發現有異的，而我看見了那個女人的怨氣。」小珮姊接話，「我招喚鬼差來這裡鎮壓，畢竟人柱裡是個死靈，對鬼差有三分畏懼，能削弱她的力量。」

「而且我也擺放了對女鬼不利的風水條件，幾顆黃玉就可以解決。」阿楷再度利用風水，跟天命爭。

我淌下淚水，結果到頭來，沒有人放棄跟命爭，即使我認命了，但是學長不認、正宇哥也不認，阿楷也還在跟命爭，而我們有爭贏嗎？

不，我們都輸了，我輸給了程傑對我的愛。

我很想說不值得，因為我自始至終也沒有喜歡過程傑。他卻因我而死，又為我投入無間地獄。

小珮姊說鬼差已經帶走了程傑，到酆都辦個轉移手續，他就要往無間地獄報到。

我的詛咒完全解開了，守護靈全部歸位，所以我也不再能看見鬼差、魍魎鬼魅，或是徐怡甄學姊了。

我難受得嚎啕大哭，我無法理解這是死裡逃生的宣洩，或是對程傑的哀悼。

尾聲

「就跟小美姊姊說不要亂收東西，活該啦！」

「阿蓮師父，這次不是她收不收的問題喔，是有個大哥哥去跟一個作祟的怨靈許願！」慧文的聲音也傳進耳裡。

「我才不是說這個咧，我說那個男生第一次送小美姊姊飲料時，她就不應該喝啦！不然那個男生哪有機會有小美姊姊的照片、頭髮，還可以幫她慶生？」

「啊……阿蓮說的是這個喔？我好笨，都沒想到！」

我半睜開眼，死阿蓮！從迪士尼回來了齁？每次我有大難時都給我跑得不見人影，害我鬼門關出出入入幾十趟，現在還趁我睡覺時偷偷說風涼話！

不過她真厲害，不愧是阿蓮大師，竟然知道程傑第一次送我的東西是飲料？

是啊，原本沒講過話的我們是因為那杯飲料才熟識的，也因為這樣我順口邀請他參加我的生日會，還照了好多張照片，接下來更大剌剌的宣揚自己有六兩八的八字加守護靈……

要知道我的生辰八字根本就非難事！搞半天我還真的是活該！

「嗯……」我假裝翻了個身，睜開雙眼。

「小美，醒了啊？」阿公慈眉善目的衝著我笑，「大難不死，必有後福！」

「阿公，小美姊姊大難不死好幾次了耶！」阿蓮趴在我床邊，「可是我看她沒多少後福！」

「臭阿蓮！」我趁機抓住她的手往病床上拽，「說！妳是不是故意跑出國玩的！故意放我一個人！」

「哇呀呀！阿公！救命啊！」阿蓮被我搔得咯咯笑，在病床上打滾。

是的，我手中這八歲大的娃兒，就是萬應宮遠近馳名的大師——阿蓮。

「陳小美！妳傷都沒好，在跟阿蓮鬧什麼！」門口出現我最怕的學長。

「我哪有什麼傷？只是……哎喲！好痛！」我輕打了阿蓮的頭一下，「妳撞到我傷口了啦！」

「惹——」阿蓮被阿公抱離時還對我吐舌扮鬼臉！

我應該是沒什麼傷啦……說也奇怪，從階梯摔下來時明明只有擦傷，為什麼等風平浪靜後就變成骨折了呢？而且還是雙腳骨折加上左手骨折、右手挫傷，中度腦震盪！

我被推進急診室時護士大驚小怪的把學長罵了一頓，怪他沒及早送醫，而一切的情況好像是——我應該在摔下那六十五階時就要阿彌陀佛的樣子。

我想是時候未到，所以那怨靈要我保持健康狀態，好親自到圓柱那兒去。

「這太奇怪了，機械系男生就死在家裡，為什麼我非得到圓柱那裡去領死不可？」我完全廢人一隻，要靠學長餵食。

「因為妳是難見的韌命種啊！」

病房門被推開，走進T恤加吊帶牛仔褲的小子，幸好他手裡還拿了束花，要不然我連好臉色都不給。

「有本事走近一點啦！」我嚷著。

「走再近妳也沒手打我啊，廢人！」阿楷吐了吐舌，一臉囂張樣，「等妳好了之後，我早就溜回台北了。」

「討厭鬼！哎……哎……」我又動到傷口了，痛死人了！

「妳安分一點吧！才過劫難，就有長假可以放，真好！」阿楷瞇起眼，往床尾一坐，「那個女人的屍體警方已經處理好了，我這幾天都在注意新聞，看看有沒有人死於非命。」

我們隔天就匿名報警說柱子裡有屍體，一開始警方雖不相信，卻也不敢大意，先掃描確定內有生物跡象後才開挖，果然挖出一具女屍，研判就是當初興建時被活埋的人柱。

年代已久，連屍首都很難判別身分，遑論凶手何處尋。

不過天網恢恢，逃得過人類的法律，可逃不過陰陽鬼界的法則。

「阿楷，你剛沒說完，為什麼我非得到圓柱那兒不可？」

「我回答啦！小美姊，妳雖失去八字跟守護靈，還是個本命強的人，要取妳的命不是那麼容易的事。」阿楷閉上眼，似乎在享受窗外吹進來的風，「更別說妳不是壽終正寢，而是被攔腰截取，不讓妳親臨現場，逼妳靈魂出竅再毀掉身體，很難順利取得妳的靈魂！」

是嗎？結果我果然還是個命大的傢伙，有著天生的幸運。

可是我的同學們卻無辜被捲入事件中，在我大學住宿時，曾死過室友，那時我懊悔不已；後來在外租屋時遇上大量鬼眾，我拚了命才能不重蹈覆轍，讓慧文及玉亭得以倖存……

結果現在，我的研究所同學卻還是因為我而身亡！瘦皮猴被發現陳屍在程傑宿舍裡，屍身被啃咬殆盡，小海被斬首的目擊者更是不可勝數，而于馨陳屍在自己房內，三天後才被發現。

又是託「萬應宮」在警界壓下消息，三個案子都盡可能低調，而他們的父母那裡……也是萬應宮去解釋一切，意外的家屬竟能接受。

只是阿公避開他們是因為我而死的事實，我的好運，是否建立在別人的死亡之上？

「別想太多，小美！」學長總能看穿我的想法，「生死有命，這一切，也正是他們的命。」

「就因為他們對程傑不敬嗎？還是因為被誤認阻礙我跟程傑的戀情？」我緊咬著唇，這些當年我都做過，別說對死者不敬了，我連徐怡甄學姊都罵過！「可是沒必要受到這樣的懲罰吧？在恐懼與痛苦中死亡，那我應該早就死了八百次。」

「所以這是命。」阿楷接話，「他們命該絕，但是妳尚未到死期，這就是我說的天命！」

我看著阿楷，這個高中生為什麼能對生死之事如此泰然？

我對於因我而死的人們就無法如此坦然接受啊！

「這裡風水不錯，記得把花瓶擺到窗邊，每天換水，小美姊就能好得很快。」

阿楷又開始指點了。

「這裡是醫院，也有很多鬼魂嗎？要不要給他們點供品？」我噙著淚，想到醫院裡可能徘徊的孤魂野鬼。

學長溫柔的看著我，輕輕的搓了搓我的頭，「難得妳會想到這些，不過有妳在這裡，妳覺得這間病房有可能會有鬼嗎？」

啊！我忘記了，我現在又恢復成無敵陳小美了。

但是我未來將對死者懷著敬意，對鬼魂們抱持尊重，對陰界事物謹慎以待，不再像過去一樣傲視一切，擁有強而有力的八字，並不是什麼值得驕傲的事情。

「阿楷，花拿過來，我剛好可以換水。」學長起身。

「我這花又不是給她的！」

「喂！你來探我病竟然帶花還不給我？」好樣的，我好了之後要加踹三腳！

「有夠吵喔！」連敲都沒敲，門三度被推開，訪客自然是溫柔的小珮姊跟正宇哥。「為什麼妳連生病都能這麼吵啊！在走廊就聽見妳在叫了！」

「不是啊！阿楷這小子很過分耶！他來探病什麼都沒帶，連花都不是給我的！」

「妳不需要花也可以好得很快，別浪費了。」阿楷還給我瞇起眼，來個假紳士笑容。「啊啊，我得走了，我兩點跟人有約，還得找路呢。」

「去哪裡呢？」正宇哥湊近他，小珮姊帶了束花走向我，嗚嗚，小珮姊最好了。

學長重新回到我身邊，他手腕的傷口很意外的完全不深，隨意包紮一下就沒事了，他打開小珮姊削好的水果盒，一口一口細心的餵我吃。

大難不死，必有後福，我想我要珍惜的，是我所擁有的一切，而不是自恃我的得天獨厚。

這一次的失去，讓我徹頭徹尾的體認了。

「小珮！這傢伙要去萬應宮耶！」正宇哥突然很詫異的回首，「妳下午不是也跟誰有約嗎？」

「咦？就是上次我工作的大樓鬧童鬼，我們不是靠那棟大樓外頭設計的風水陣才得以及時脫身嗎？」小珮姊抱著花瓶準備往外走，「那棟大樓的風水師完全隱姓埋名，我好不容易才用 Mail 找到他，跟他約在……」

小珮姊止住了話，就連我們所有人都愕然的看著站在正宇哥旁邊、那個未來會是個美男子，但現在只是個乳臭未乾的高中生！

「小珮姊……啊啊，妳該不會就是林珮雯吧？」阿楷突然轉變態度，堆滿笑容的親自把花送到小珮姊跟前，「我就在想那麼溫柔的聲音，應該人如其名。」

哇靠！那束花是給小珮姊的？

「難道你就是……那個厲害到不行的……」小珮姊非常狐疑，因為她的語氣超級不肯定！

只見阿楷不慌不忙的從口袋中拿出精美的名片匣，取出一張名片，恭恭敬敬的彎身行禮，「您好，我是風水師，江翊楷。」

啊啊啊！見鬼了！小珮姊上次被童鬼纏身的事件中，那個被她讚不絕口、赫赫有名的風水師，是這個毛頭渾小子！

難怪從見到他開始就風水風水個沒完，最後也是利用風水與天爭命！

我有什麼好訝異的？從阿蓮這位包尿布大師到渾小子風水師，我早該習慣人不可貌相這句話啊！

小珮姊好死不死把這位很吊兒郎當的風水師請到台南來，他卻提早下台南觀光，陰錯陽差的救了我……不！這不是巧合，或許是阿楷口中的命定。

我陳小美上輩子是做了什麼好事？值得這輩子有這麼多福報！

「小美啊——」門突地被踹開，奔進我那心急如焚的老爸，他直直衝向我，二話不說就將我抱個滿懷！「妳沒事吧！爸擔心死了，妳媽託夢給我說妳出事了……」

爸……你來得太晚了！真的非常晚！

「哎喲……好痛喔！」我全身的傷口都被爸撞到了，疼死我了啦！這些皮肉傷，一定就是我之前太過自負的懲罰了！嗚！

我被充斥在整間病房裡滿滿的愛包圍，不管是活著的人還是逝去的人，曾幫助我的人、守護著我的親人，以及喜歡過我的人……這些都是讓我能一路走到現在的幫手。

我想痊癒了之後，我要好好的聽學長說話，多少瞭解一些鬼界之事，即使我看不見，說不定我也能幫助他們。

我的天賦不是拿來自恃用的，過度恃才傲物，不懂得珍惜，等失去時懊悔也來不及。我要找尋為程傑減刑的方式，盡一切力量讓他能及早離開那可怕的地方。

偶爾我會想起在無間地獄的程傑，不知道他那孤寂的一萬年中，會不會想起我？

不過我想，我一輩子都不可能會忘記這個近乎變態、對我擁有扭曲且執拗的愛，最後卻捨生為我的男孩。

番外之一・永世娃娃

那個娃娃，是她在垃圾堆那兒撿到的。

一個很精緻的中國娃娃，很迷你的小人偶，原木色澤，上面彩繪了如原住民衣裳的鮮豔圖案，衣著華麗，還笑得甜美。

看起來是個新娘的樣子，她查過圖片，那是原住民女孩出嫁時的衣裳。

娃娃的左臂處有個半透明的突出物，很像是熱熔膠的痕跡，原本不知跟什麼黏在一起；娃娃的底座可以拆開，裡頭是空心的，將手指伸進去，可以在左手臂的地方，發現一塊小磁鐵的存在。

她拿髮夾試過，一下子就吸了上去。

呵，真有趣，這娃娃到底跟什麼黏在一起呢？為什麼又硬生生被分開呢？

為了這可愛的娃娃，她上網去搜尋，用了各種關鍵字，最後在一個部落格中找到一篇關於「永世娃娃」的故事。

那個部落格已經很久很久沒有更新了，部落主是一個叫做「情痴傑」的人，留言版也沒有回覆，看來荒廢已久；但是他的部落格引起她的注意，因為裡面的內容，大部分是關於「愛的巫術」。

她眼睛一亮，因為她是個女孩子，一個為暗戀所苦的女孩。

永世娃娃只有簡介沒有照片，但是他說這種娃娃是祝福娃娃，一個新郎、一個是新娘，表示一對相愛的情侶，無論遭遇何種磨難，他們都一定會在一起！

她看著她撿到的新娘娃娃，幾乎篤定她就是永世娃娃的新娘，那被硬生生拆散的另一半，想來就是新郎了。

往下滾動滑鼠，上面還註明，要將喜歡的人的名字跟生辰八字寫在一張紙上，然後放進娃娃裡面，衷心祈禱，這樣那個人就會永遠跟妳在一起。

她拿著新娘娃娃，有點怨嘆，為什麼她沒拾到一對？這對永世娃娃又是發生了什麼事呢？為什麼新娘會被丟在垃圾桶裡，而新郎卻不知所蹤？

她拿了一張漂亮的信紙，剪成一小方形，寫下了那個男生的資料，也寫上了她的。

沒辦法，她只有一尊娃娃，只好湊合著用！

要知道他的生辰八字一點都不難，他是她的直系學長，他們會慶生，她還幫他算過上升星座，算上升星座是需要時辰的。

洗好澡，她打開電腦瀏覽了一下，MSN 上的他是離線狀態，不知道是不是又跟他女朋友出去了？

她看著桌前的新娘，娃娃啊娃娃，究竟什麼時候，愛情的巫法才能發揮效用，她才可以跟他在一起呢？

叩叩。

有人敲門了，她狐疑的回首，都十二點多了，誰會來找她？

「小雪……小雪！」門外的聲音低喃著她的名字，她睜大雙眸，是學長！

「學、學長？」她嚇了一跳，為什麼這個時間，學長會來找她？

她還是開了門，學長穿著濕答答的T恤，神情有點茫然的站在她門口；他自然的走了進來，像是在尋找什麼。

手機響了，她趕緊跑到書桌邊看，天曉得她現在有多緊張，即使來電的是好友，也不能阻止她可能發展的戀情！

她將手機調成震動，擱回桌上。

「學長，你怎麼來了？」她紅著臉問。

「我也不知道，我打完球……回家的路上就覺得好想來找妳。」學長一臉疑惑，「我還想找個東西……」

「找東西？」她有點錯愕，不是才說來找她嗎？

「嗯！沒有那個，我們就不能在一起！」學長很肯定的說，眼神搜尋著她的床鋪。

聞言，她倒抽了一口氣，學長剛剛說「在一起！」。

「學長……你、你不是有女朋友了嗎？」她假意的問著，心跳得好快。

「我只有妳一個人啊！」學長朝著她，瞇起眼笑著，「妳不是希望我們永生永世在一起嗎——啊！」

他的視線，落在書桌上的新娘娃娃身上。

她聽著期待已久的告白，卻覺得有那麼一點點……奇怪？

「找到了！就是這個！」學長很開心的拿起新娘娃娃，朝著她笑，「我們終於可以在一起了！」

「這個娃娃……你的？」她更加狐疑了，好像她的許願應驗似的，連學長都知道她對娃娃許願的內容！

學長沒有說話，他拿起桌邊雜物盒裡的一捲縫衣線，自然的扯下了一大段。

「來吧！我們不是要在一起嗎？」他雙手捲起縫衣線，拉，笑得很詭異。

「咦？」她不明所以，下意識的後退。

而她鍾愛的學長，那T恤上潮濕的部分漸漸轉為紅色，怵目驚心的血紅色，驀地從他頸子上流下。

她失聲尖叫，發現學長的頸子，不知何時出現一圈紅色的線痕，裡頭泛流出汩汩鮮血。

「妳大概不知道，我的娃娃變成這樣了。」學長說著，從口袋裡摸出另一尊娃娃。新郎娃娃躺在學長的掌心裡，卻一分為二，頭身分家，如同現在的他一般。

她不可思議的看著那尊新郎娃娃，再看著學長把自己的頭，從頸子上摘下，擱在她的書桌上。

手機仍然在震動，那是她的好友急著要告訴他，學長打球回家的路上，被路上不知哪兒來的鐵絲給割斷頸子，當場頭身分離。

「妳許了願，不是嗎？」沒有頸子的學長，雙手間的縫衣線緊了緊，逼近她，「我們是一對吧？我們應該要一樣喔！」

「不、不——」

她往門口逃去，牆上映著她一個人的影子，突然像被什麼絆住一樣，無法往前走！她的影子痛苦的掙扎著，頸子向後，雙手擱在頸項之處，好像有什麼人拿繩子由後圈著她脖子似的……

事實上是根細細的縫衣線。

「線再細也是能割斷的，妳忍著點。」桌上的頭顱，很溫柔的告訴她。

她已經不能說話，牆上噴灑珠樣的血滴，她向後仰直的頸子，開始出現缺口，一公釐一公釐的，角度漸漸擴大。

然後——

啪噠，桌子上的新娘娃娃，頭也滾了下來。

《永世娃娃・完》

番外之二・撿屍

酒瓶散亂在桌上，女孩痛苦的趴上桌子，隨手又撥倒一瓶空罐，匡啷匡啷的往桌緣滾去。

鏘！已空的空瓶落地，它並不是地上唯一一個空酒瓶，桌下早全是酒瓶，女孩已經喝到爛醉如泥，但是喝再多，也抹不去心頭刻上的傷痕。

手機裡的 LINE 響起，她吃力的撐起身子，看著來電顯示的照片，只是悲從中來，她知道他很照顧她，但是、但是——光是面對他，她都覺得難受！

她特地到外縣市，找一間普通的旅社，就是要讓自己在裡面喝到死。

去年的迎新晚會上，她就是喝了這麼多酒，因為氣氛好 high，喝得好愉快，迷迷糊糊的被學弟攙著回家……她真的以為學弟很好心的要將她送回宿舍，結果……

他開始撫摸她，猥褻的把手探進她的衣服裡，發現她沒有反抗能力後，直接性侵了她。

男友因為擔心跑出來接她，卻看見了正在侵犯她的學弟，學弟才倉皇離開……然後呢？然後她去驗傷，要提起告訴，絕不讓那個混蛋逍遙法外。

但是，學校怎麼處理的？

她偉大的院長，當年曾為女權出頭的女性，對她說了什麼？

院長逼她承認，是她自己酒後亂性！還叫她不要亂踩在受害者的位置上，因為她根本不是——所以，她是自願的嗎？

是，她的院長說她陳述的都只是假裝受害者的版本，說她跟學弟之間有著情慾交流……當著她的面告訴她，這一切是她咎由自取！因為她喝醉了，所以被學弟性侵活該……不，不是性侵，她該是自願的，放浪又迫不及待的在外面就跟學弟搞上了！

最後，連學弟都用嘲弄的眼神看著她，連學弟都說那晚他們是你情我願！

學弟還敢私底下跑來找她，說他們可以交往，因為他喜歡她，所以他不介意那一點點酒後亂性的誤會！

她沒有酒後亂性！沒有沒有沒有！

「我受夠了！」李心梅痛苦的撐起身子，向左踉蹌的往窗邊去，窗簾一拉，就可以看見那宛如完美星河的夜景！

在這片景色下死去，也是一種幸福對吧？

院長甚至要求她不要告訴性平會，說她可能會影響系上的聲譽，把重重枷鎖一道一道的往她身上扣：酒後亂性、喝醉被撿屍活該、自願的、誘人犯罪、影響校譽、自以為是受害者、壓垮系上的最後一根稻草。

這些枷鎖真的太沉重了，重到她沒有辦法呼吸……也不想再呼吸了。

她的房間，二十八樓，真美啊……女孩笑著也哭著，打開窗戶，準備爬上去。

但是她太醉了，重心根本不穩，攀上去都成問題……她回頭，想拉過自己的椅子，墊個……

椅子上坐了一個人。

酒精的緣故，讓她有幾秒錯愕。

有個女孩坐在她的椅子上，素淨著一張臉，穿著普通的連身雪紡紗洋裝，一頭過肩栗色長髮，圓著雙眼睛看著她。

她拉著椅背，很努力的思考這女孩是誰……她一個人來的啊，而且……她醉成這樣嗎？

『摔下去很痛的。』女孩抬頭望著她，『而且還沒到二十樓妳就後悔了。』

「天哪！」她開始用掌心敲自己的前額，「我產生幻覺了我……」

『像這樣。』女孩指指自己，要她仔細看。

剎那間，她的頭頂湧出大量鮮血濕潤了她的頭髮，額頭往內壓扁而且直接開裂，從前額一路裂到天靈蓋的位置，鮮血流滿她的臉她的身體，頸子喀嚓一聲往左折去，右手跟左手也突然聳肩，肩胛骨從肌膚裡刺穿而出，甚至穿過了她那件雪紡紗洋裝。雙膝不正常扭轉，膝蓋韌帶斷裂不說，骨頭也跟著穿出，整個人突然如駝背般的往前彎去，彷彿正向她鞠躬一般，接著頭頂有塊骨頭整片啪的掉下來，雪白的腦漿綿軟的溢流。

「哇啊！」李心梅嚇得跳起，往後一彈撞上打開的窗戶，「啊……啊我的頭。」

『看來還沒有很醉嘛！』女孩突然坐直身子，又恢復了那白淨的模樣。

這一撞李心梅就醒了，徹底的醒了，她剛剛看見什麼了！李心梅驚恐的看著眼前的女孩——她是一個人進來的，這是誰啊！

天哪，她心裡有譜，這個女生是、是……

『我是從三十樓跳下去的啦！』女孩起身，還跟她自我介紹，『我叫小米，妳好！』

她伸出手，李心梅僵在原地，她覺得不太……不太舒服──「嘔──」

掩著嘴，她忍不住的往廁所衝，閃過了伸手要握手的小米，狼狽的衝進廁所裡，

唏哩嘩啦的吐了一大堆。

她……真的喝太多了！剛剛那一定是幻覺，她晚上喝了一打酒啊，喝到神智不

清了，只是沒想到連想跳樓都會生出這種幻象。

按下沖水馬桶，她把臉埋進洗臉盆裡，不停潑水力求清醒……醉成這樣，她甚

至都要懷疑自己那天晚上，是不是真的對學弟的上下其手加以誘導了……

「李心梅，妳到底是──」她哭著抬頭，鏡子裡映著小米的臉，「哇啊！」

她嚇得尖叫回身，身後並沒有人，再驚恐的正首看著鏡子，小米就站在她身後。

『嗨，吐一吐舒服多了嗎？』小米指向門外，『喝點熱水吧，冷靜一下。』

李心梅覺得腳軟，「妳、妳是我的幻覺嗎……」

『我不是，我是之前從三十樓跳下來的女生。』小米認真的說著，『我超

後悔的，但是又來不及，妳根本不能想像那有多痛……我……喂！』

李心梅蹣跚的走出廁所，真的泡了杯綠茶，呆愣的坐上床沿，她看著小米不但

沒有消失，還席地而坐的在她腳前，從若自若。

「妳是來帶我走的嗎？」李心梅驀地想通了，「我已經跳了嗎？」

小米搖搖頭，『我就是來阻止妳跳的。』

李心梅不懂，她現在頭超暈的！

『我知道妳難受什麼，我都懂。』小米認真的說著，『明明錯的不是我們，為什麼我們都要被貼上標籤呢？』

李心梅啞然，「妳……妳懂……」

『我當然懂，不過我是跳下去之後才懂的，太慢了。』小米衝著她微笑，『讓我幫妳吧！』

「幫我？」覺得自己一定是瘋了，她在跟一個阿飄說話。

『嗯，我們要讓他們充分瞭解，今天就算我們全裸走在路上，也沒有人有任何侵犯我們的權利！』小米眼神突然轉為陰沉，『那個男人、那個院長……』

李心梅望著眼前看起來就像人的女孩，淚水再度滑落，她痛苦的掩嘴，提起侵犯一事，她只有悲從中來！

「我……我真的受不了！我明明是受害者，為什麼要不停地傷害我！」她哭著使勁搥床，「為什麼我喝醉就活該被強暴！」

一陣冰涼觸及她的肩頭，李心梅嚇得打了個寒顫。

她緩緩向左看去，淚眼中映著小米冷笑的臉龐。

『所以我們才要讓他們知道，什麼才是對的。』

「什麼才是……」李心梅喃喃跟著唸，突然一陣冰冷竄進了身體裡——「啊！」

她痛得眼前一片黑，瞬間倒在床上。

下一秒，她又跳開了眼皮。

面無表情的李心梅坐起身，看著自己的身體與四肢，她習慣了一會兒後才站起，環顧著凌亂的房間。

眼神落在桌上的手機，揚起了笑容。

「我跟你說……那學姊超好上的！」張尚霖抽著菸，露出得意的笑，「我就把她壓在牆上，她連反抗都沒反抗，還用那種性感的眼神看著我……你說，這不是叫

我上她的意思嗎？」

「真的假的！所以她都沒反抗喔！」

「哪有！我摸她還在那邊呻吟咧！」男孩完全炫耀心態，「只是就很爛，居然反過來說我強暴她！拜託！」

「問題是你是撿屍吧？」一旁另一個朋友實在看不下去了，「撿屍就是強暴不是嗎？你還有臉說？」

「喂，你剛沒聽見嗎？她自願的好嗎？喝得爛醉，要我送她回家，整個人貼在我身上耶，這就是暗示了啊！」張尚霖不爽的甩下菸，「連院長都說了，她是酒後亂性，自己也想要！」

「既然她都醉了，不掛在你身上怎麼走？明明是你趁人之危！」同學不爽的拉高分貝，「喜歡女人就追求，讓人家心甘情願的跟你上床，強暴是哪門子，還得意，不要臉！」

「你說……你再說！她就是心甘情願的，而且我也沒說不喜歡她啊，不喜歡我上個屌啊！」張尚霖一副想要幹架的樣子，還是其他人攔著，「我跟你說啦，喝成那樣撿屍剛好啦！」

「就是有你這種人！她爛醉她躺在路邊都不等於你可以碰她，自己下三濫還想把錯推到別人身上！」同學忍無可忍，「你不知道這對女孩子是多大的傷害！」

「傷害個屁！院長都說了，她才不是受害者咧！只是裝裝樣子！因為我在上她時被她男朋友看見了！她是為了要跟男友證明清白，才咬死我不放！」

同學搖著頭，盈滿不屑，「你會有報應的，一定會有！」

他嗤之以鼻的回過身。

「媽的，你給我站住！」張尚霖吆喝著。

「好了啦！尚霖！」其他同學攔阻著，「說真的，他說的也有點道理！」

「有道理個屁，為什麼你情我願的事，我一定要被說成強暴啊！」張尚霖不爽極了，「學姊本來就是個不檢點的貨，你們還真的信她喔！」

「說話留點口德……厚，不想跟你說了。」其他人也實在聽不下去他的論調，「先走了。」

「幹！」張尚霖又再拿出一根菸來點，他也不想再跟同學繼續講下去，隨便揮揮手讓他們離開。

學姊真的很爛，搞一堆手段要逼他退學，退學他是沒在怕啦，反正換個學校又是一條好漢！最煩的是她要提告，萬一留案底就麻煩了……怪了，她自己喝成這樣的，怪他撿屍？

那天她也沒推開他啊，是哪裡不爽！

手機響起，他拿起來查看，不由得愣了一下。

「學姊？」居然打給他。

『你在哪裡？我想找你好好談談。』

「不好吧，我們現在見面好像對我不太有利！」他冷哼一聲，「妳該不會想設什麼陷阱給我跳吧？」

『……見一面吧，我在宿舍樓下等你，公共場合。』喀，電話即刻掛斷，讓張尚霖有些狐疑。

他遲疑了好一會兒，如果學姊願意撤告的話……這才是當務之急！

對！丟下菸頭，他急急忙忙的往機車停車棚去。

戴上安全帽，跨上機車，轉動鑰匙後緩速騎車離開，在停車棚的柱子後，李心梅冰冷的凝視張尚霖的離去。

他在路口等待綠燈，等等就要左轉，他不耐的腳在地上數著秒數，還有二十秒，十九……十——咦？

機車倏地自己往前騎去，他嚇得緊握住龍頭——「幹！」

這是怎麼回事！他這邊是紅燈啊——刺眼的遠光燈亮起，他嚇得往右邊看去——砰！

一台轎車煞車不及撞上他，安全帽隨便戴的他，第一時間安全帽就因為衝力飛掉，他整個人被撞飛兩公尺後落地，如蛋殼般脆弱的頭顱著地，在地上拖行一公尺後，摩擦出一條長長的血痕。

「車禍了！快報警！！快點！」吆喝聲此起彼落。

張尚霖幾乎要失去意識，椎心刺骨的痛傳遍全身。

「按照你的說法，只要騎車在路上，被撞也是剛好而已。」熟悉的聲音在他耳邊響起，「理所當然啊，懂嗎？」

學……學姊？

「我一點都不喜歡你，我那天也不是自願的，明明就是你強暴我。」李心梅隻手往他岌岌可危的脊椎壓去，「就算我全裸躺在哪裡，你也沒有碰我的權利……」

指頭輕輕一壓，粉碎了張尚霖的脊骨。

叫不出聲，他在瞬間失去了意識。

「同學，不要移動他喔！」有人奔了過來，「已經報警了！」

李心梅站了起來，微笑點頭，她不會移動他的……下半輩子，他都別想能移動一寸了。

默默退到人群裡，她勾起愉悅的嘴角，還有一個人。

院長氣急敗壞的站在房門口，她有幾秒鐘的錯愕，望著手機出神，眼前的房門就開了。

李心梅蒼白著一張臉，站在門口看著她。

院長瞬間清醒，二話不說粗暴的推著她進入，「妳是什麼意思？」反手甩上門。

李心梅踉蹌，皺著眉有些不明所以。

「妳居然敢用自殺威脅我？妳這學生到底什麼態度！」院長氣得扔下包包，「妳已經做了這麼多不堪的事情了，還想怎樣？非得要把我們系弄垮嗎？」

「我？」李心梅皺起眉，「我做錯什麼了？什麼叫不堪的事！」

「妳自己清楚！那種事還要人明說嗎？我臉皮可沒妳那麼厚。」院長雙手抱胸的瞪著她，「事情就不能輕輕放下嗎？鬧大了對妳有什麼好處？妳自己酒後亂性，好好的一個女生，卻不檢點的喝那麼多，跟學弟情慾有交流卻反過來說他強暴……這對學弟有多大的影響妳知道嗎？」

「對他……對他有什麼影響？他是加害者啊！」李心梅簡直不可思議，「我是被強暴的人，我才是受害者，為什麼……院長，妳過去不是主張女權的人嗎！為什麼要這樣傷害我！」

「不要拿受害者的模樣自居，這騙不了我！」院長不齒的冷哼一聲，「我說過了，檢點的女孩不會喝得爛醉再黏在男人身上回家，這件事妳自己本來就要負責！」

「我負責什麼？照妳這麼說，妳走在路上我也可以拿刀捅妳兩下嗎？誰教你要走在路上？看起來很欠殺？」李心梅簡直不敢相信，事到如今，院長依然是這樣的想法！

「這是不一樣的事，無緣無故誰拿刀傷人就是不對！」

「哪裡不一樣，我喝醉是我的事，我穿得再少也是我的事，不代表別人可以觸碰我或侵犯我！」李心梅尖聲吼了起來，「憑什麼把男人的犯罪合理化！」

為什麼都是女人在為難女人！

「不是合理化，這是事實！」院長極怒的深呼吸，「妳到底在想什麼？自己招惹的事，想把我、把系上都拖下水嗎？」

李心梅望著院長，突然一抹冷笑，旋身就往敞開的窗戶邊衝，踩上備妥的椅子，隻身鑽了出去！

「李心梅！」院長驚慌的衝上前去，伸手要拉住李心梅小腿——

但是她的雙手，穿了過去……

咦？院長驚愕的發現眼前的李心梅不過是一抹幻影，而她因為衝力，整個人往窗外翻出，差一點點就翻出去了！

啪！幸好窗戶夠高，她及時穩住重心，抓住窗框，就要直起身……一雙手驀地憑空出現，自下方伸出，握住了她的雙手。

『想去哪裡啊，院長？』小米仰著頭，吊在外牆衝著她笑。

「咦？」院長瞠目結舌的看著她，這張臉、這個聲音，「不，不對……妳是、是……」

『我是小米啊，妳應該記得的！那個跟同學去唱歌，在包廂被輪暴的女生啊！』她劃上微笑，『妳說我是……欲拒還迎記得嗎？我穿得太辣，又喝酒又放浪，明明是我自己酒後亂性，誘惑了男生……』

院長臉陣青陣白，是，她沒有忘，她更沒有忘記那個小米……後來從三十樓高的旅館跳樓自殺了——旅館？這裡？

「啊啊……李心梅！李心梅呢！」她想要抽回手，小米的手瞬間交扣，圈住了她的頸子，「放開我！妳是什麼——」

『她在二十八樓睡得好好的呢，喝多了。』小米甜甜笑著，『她不知道院長妳自己登記入住，指定住這間，然後還走了進來，最後因為她的事，想起當初為我的愧疚，自殺謝罪。』

「妳在說什麼……我哪有登記入住，我為什麼對妳要有愧疚——」院長雙手撐著窗框想要進入室內，但掛在脖上的小米根本讓她動彈不得！

『那妳記得妳是怎麼到這裡來的嗎？嘻！』小米永遠笑得甜美。

是她附在院長身上，帶著她過來的呢！院長應該……沒有記憶吧？

院長瞪圓雙眼，不停發抖，「這是夢，這一定是夢……我要離開……妳為什麼要來找我，妳自殺是妳的選擇，妳……」

『我是被妳逼死的。』小米雙眼瞇起，殺氣騰騰迸出，『自殺的我是蠢斃了沒錯！但是既然沒有辦法挽回，至少我不會放過妳——妳這個拚命加害我的人！』

「我沒有……我沒有加害妳，一切是妳咎由自取……」

直到現在，院長還不覺得自己錯啊……是啊，如果她覺得的話，就不會在五年後的今天，用同樣方式對待李心梅了。

『妳知道自己錯了，如此迫害這些受害者，有違妳的良心，所以選擇到我自殺的房間自殺。』小米勾起微笑，『用跟我一樣的方式……』

她笑著，咯咯笑著，頭顱開始龜裂滴血，呈現出死亡時的駭人模樣，她給李心梅看得並不完整；因為她的眼窩裂了，眼珠子迸了出來，腦漿流得到處都是，還流進自己的眼窩裡、嘴裡，全身粉碎性骨折——

「哇啊——哇——」院長看見圈著她頸子的小米轉為面目全非的模樣，嚇得驚聲尖叫，然後……唰——

小米圈著院長，從三十樓、五年前同一扇窗戶翻了出去。

「啊啊——哇啊——」

砰！

趴在床上熟睡的李心梅打了個寒顫，抖著身子睜開惺忪雙眼，好像聽見什麼聲音？

冰冷的手輕輕撫著她的頭，好舒服啊……李心梅迷迷糊糊的又睡著了。

「今夜做個好夢吧！」輕柔聲音在她耳邊低喃，「再難再艱苦，要相信妳一定能度過的。」

扭曲的小米靜靜的坐在床沿，聽著由遠而近救護車聲響，開心的微笑著。

不知道院長在哪一層樓時，開始後悔的呢？

《完》

國家圖書館出版品預行編目資料

桃花劫 / 笭菁作 . -- 初版. -- 臺北市 :
春天出版國際, 2016.06
面 ; 公分
ISBN 978-986-5607-40-1 (平裝)

857.7 105008570

ISBN 978-986-5607-40-1
Printed in Taiwan

作者	笭菁
封面繪圖	Cash
美術設計	三石設計
總編輯	莊宜勳
主編	鍾靈
編輯	黃郁潔

出版者	春天出版國際文化有限公司
地址	台北市信義區信義路四段458號3樓
電話	02-7718-0898
傳真	02-7718-2388
E-mail	frank.spring@msa.hinet.net
網址	http://www.bookspring.com.tw
部落格	http://blog.pixnet.net/bookspring
郵政帳號	19705538
戶名	春天出版國際文化有限公司
法律顧問	蕭顯忠律師事務所
出版日期	二〇一六年 六月初版
特價	160元

總經銷	楨德圖書事業有限公司
地址	新北市新店區寶興路45巷6弄6號5樓
電話	02-8919-3186
傳真	02-8914-5524